宮本永子歌集

SUNAGOYA SHOBŌ

現代短歌文庫

砂子屋書房

宮本永子歌集☆目次

『鷭に来る鳥』（全篇）

『雲の歌』（全篇）

自撰歌集『青つばき』（抄）

解説

宮本永子歌集

『鶵に来る鳥』（全篇）

序

吉野昌夫

この集には、昭和三十九年以降の作品が収められているが、「形成」への出詠は昭和三十五年にさかのぼる。そして、この集に先だつ三十七、八年には、〈徹底的に自己に生きよといふ言葉何か空虚に聞えてならぬ〉〈足もとの蟻まで避《よ》けて歩むわれ何ゆゑ小さきものにこだはる〉〈噴き出づる硫気の熱を利用して茹卵売る人間の知恵〉（三十七年）〈決断をせまるがごとく音たてててわがまなかひに銀杏《ぎんなん》おちぬ〉〈ものを書くわれのかたへの魔法瓶われを嘲るごとき音せり〉〈立ち枯れの木が薄明の天《そら》をさす孤獨は人のもののみならず〉〈冷雨降る山路をゆけば髪濡るる心も濡るるさびし蔵王は〉（三十八年）と言った作品を示して、はやくも、この著者らしい柔軟な感性をのぞかせている。

木俣修先生の慫慂で「形成」若手の研究誌「序章」が発刊されたのは昭和四十三年であったが、その七人のメンバーの一人に加えられ、五十年に刊行されたアンソロジー『序章』には「藍ひといろ」百五十首が収録されている。この集の「まぼろしならず」までの九章は、その中から抄出されたものである。そのあとがきに、著者は、

「現実に目に見えているものは、凝視するとおそろしい、（中略）ときには無数の笹の葉が、すべてを見ぬいてしまった眼となり、四囲から襲いかかってくる。そのような不安から逃がれるための呪文のようなものが、今のわたくしにとってのうたなのかもしれない。」

と書いている。四囲から襲いかかってくるモノ、それも、著者のセンシティブな感性がそう意識したモノではあるが、それと著者との間に交される緊張の産物、呻きが、呪文のようなものが、うただという

のである。

いつきても掌を合はせゐる野の仏祈りに足るといふことはなく

逆さまに映れるビルをいつまでも流さずにゐて光る夜の川

砂漠にはさまよふ湖があるときくたはやすく人を信じゐるとき

玻璃壜《フラスコ》に育まれゐる球根の鬩《せめ》ぎつつ水に根を伸ばしゆく

何を言ひても声にはならず水底にゐるゆゑ心かなしかるゆゑ

逃げ水のごときをいまも追ひてゐるわれにあらずや逃げ水が見ゆ

ふた瘤の駱駝の列にひと瘤の駱駝をりいづれも眼《まなこ》をつむる

巻き戻さるるとき巻尺は自らの意志のごとくにはげしく戻る

耳を蔽ひて叫びたくなる衝動に浮かびては消ゆムンクの「叫び」

「呪文」というか、祈りとでもいうか、何か自分の中に鬱屈しているもの、内在するものを、生《なま》の現実を押しやったところで、こころの次元で、しずめ、なぐさめ、成仏させようとしているかのごとくである。

　しかしながら、現実は、著者をこうしたひとりの世界、呪術の密室にとじこもらせてばかりはおかない。

校庭の花壇に芽吹く沈丁花昼の休みにいつくしむ見ゆ

戦場に果てたる人の手記を読むいくさなどまつたく知らぬ生徒に

昆虫にも耳はあるさといふ声が子どもの部屋よりきこえくるなり

枇杷を食む幼子ふたり上の子が下の子のだす種子を受けとる

コーヒー樽を住処となせる鍬型虫武将の名前

に呼ばれて飼はる

ヤマダカレハ山野に異常発生せる暑き日本を子は脱出す

カオダインの難民キャンプを見て来たることのみ書ける絵葉書届く

八郎潟干拓以前の地図をもてるわれはしばしば生徒に笑はる

クレヨン画抱へて径を急ぐ子をわれは自転車に追ひ越してゆく

背のびして薔薇のにほひをかぎてゐるセーラー服の少女がふたり

こういう世界を歌うとき、高校教師であり、母親である著者は、見違えるようにあかるく、また、滞るところがない。生徒たちが、こどもたちが、実生活の上でも、歌の上でも、現実世界に著者をひき出す役割を果してきたのではなかったか。

山鳩が向かひの屋根に鳴く声を合図のごとく雨ふりはじむ

電信柱もあたりの緑も靄のなか声よりあとに人あらはるる

片付かぬ部屋隅におく手もと簞笥買はむと午後の街に出でゆく

貧困のころのビュッフェの描きたる「目玉焼を焼く男」おもへり

戦闘機でも懼るるやうに逃げまどふ掃除機嫌ひのわが飼ひ猫は

譲り受けてあまり使はぬ二連梯子まへの持主は何に使ひし

あるがままの日常の中に、著者は、あらためて、意識以前の、理屈以前の感応の世界を見出したようにおもう。

やうやくにつぼみほぐれて来しからに思はぬ方の枝ぶりも知る

遊び着のやうなだんだら模様して足長蜂は倦

まずはたらく
著者の「呪文」も、息苦しいところからぬけ出したようである。
この集で〝自分との出会い〟を果したという著者の、これからの仕事を見守ってゆきたいと思う。
昭和六十二年五月

竪琴の音

捉はれてたちまち石と化しし孔雀めざめてしばし索漠とゐる

目を伏せてきみの言葉を待ちてゐるひととき強く匂ふ潮の香

喚び交はす海鳥のこゑ昏れてゆく砂丘のうへにいくつも聞こゆ

何を求めてゆきしや犬と少年は足あとを長く砂浜《はま》にのこして

をりふしに潮騒を聴くわが耳朶をうばひて熱しきみの接吻《くちづけ》

耳をすまさば聞ゆるならむ海の音底ひに響《な》れる竪琴《リラ》の音さへも

拾ひ来し貝がらを夜の卓におく渚に眠る夢をみむため

海鳴りのまだ耳底に残りゐて寝《い》ねがたき夜半弾く即興の曲

ためらはずわが名を呼びしきみの声ひとりになればふたたびおもふ

マレーシアよりの手紙をひとり訳しゐる妹はアジアの地図を拡げて

つつみもつわがかなしみに笑みかくる埴輪のあれば立ち去りがたし

君とわかつ一生《ひとよ》ならむと思ひつつひそかに対ふ埴輪の馬と

くもり日にて月と見紛ふ太陽を仰ぎゐつ信号の青となるまで

樹　海

いづかたへゆきてもきみに逢へぬ夢醒めてひとりの枕を濡らす

ともにゐてなほさびしくてならぬゆゐ卓のひとつをへだてて坐る

いつきても掌を合はせゐる野の仏祈りに足るといふことはなく

傷つきて飛べぬ一羽の鳩よりもかなしみ深く籠る日のあり

雨降れる午後はひたすら逢ひたくて濡れひかる塔をいく度も仰ぐ

消してはならぬ

醒めぎはに聴くときやさしき鳩のこゑ胸ふるはせて鳴きゐるならむ

言ひ忘れしことばいくつを思ひゐつ雨にユッカの濡れゐる夕

逆さまに映れるビルをいつまでも流さずにゐて光る夜の川

泣く理由なき折々にわが泣けばさまざまに君は苦しみてゐむ

混迷のごときひびきとなりて来るクレーンのあぐる鉄材の音

異なれる想ひをもちて街をゆく雪は次第に強くなりつつ

飛び立ちたき思ひにかられあるときは風花の舞ふ街を歩みき

空間を見つめるやうな母の目に話す言葉をふいに失ふ

呼吸《いき》ひとつすれば消えてしまふかも知れぬマッチの炎《ほのほ》消してはならぬ

重ねたる掌にて幸せをつかみ得るや舞台は華やかにフィナーレとなる

湖《みづうみ》の底に落花の沈むごとひそかに長くきみに抱かれぬ

言ひ訳をするほどのことにはあらず没りぎはにひとりぽつちの太陽

いくたびかわれを喚ぶこゑ闇にしてそのまま闇の深くなりたり

てのひらの中の海

時間の谷間をよぎるがごとくゆつくりと北へ去りゆく一片の雲

旅果てぬうちにこはしし泥の鈴記憶の底にありてつねに鳴る

充ち足りて輝くごとき湖も窓辺に見つつわがバスは行く

ともに生きむと心に決めし日を思ふ空の高処に夏雲わけば

言ひかへす言葉もなくてしかたなく氷菓のスプーンを動かしてゐる

花に寄る虻の羽音の響きくる真昼だれにも知られずありたし

泰山木の風に吹かれてゐるさまを人は見上げて立ち去りゆけり

郵便受けの文字日に曝れてうすらげるを書き直しゐる休日の今日

にほひだつ野菜買ひ来て夕ぐれの厨にしばしとりとめもなし

てのひらの中いっぱいに海があるゆたけさ今日もことなく暮れて

夜の卓に梔子の花匂ひゐていつもやさしき人と思へり

自らの色も知らぬまま爆《は》ぜてゐる花火のごとき人の一生《ひとよ》も

眩暈《めまひ》して倒れふすときまなかひを光のやう
なるもの過《よぎ》りゆく

鳩の胸

ある日ふとわれに啓示を与へたる紫色の鳩
の胸なり

刻を告ぐるチャイムの鳴れば牛の眼の標本
もちて人は出でゆく

校庭に白きラインを引く人の表情までは見
えずなりたり

日々通ふ道の辺に小さき川ありてゆふべは
淡く霧をまとへり

雨の中を漂ふごとく帰り来て雨衣《コート》の裾をタ
オルに拭ふ

思ひ屈するときに描《゙あが》きし絵のいくつ片づけ
ものをすれば出でくる

生れしより三月のたちてやうやくにわが掌
の中にある思ひする

雑木々の色さまざまに変はりゆくゆふべ編みつぐ小さき帽子

背伸びして本をひそかに抽《ぬ》きてゐる子の足《あな》裏《うら》の白かりしこと

林檎の皮長く剝《む》きゐつまぼろしのごとく電話の鳴る夜の部屋に

岩の下また一面に岩はつづくかたみに支へ合へるがごとく

駅構内に長くとどまる無蓋車も旗振る人も夕光の中

風花の舞ふ

辛夷咲く日々に逢ひたる池の傍《かたへ》今も記憶の中にあたらし

水底にも風の吹くかと思ふまでゆらぎやまざる藻の群が見ゆ

何事もなかりしごとき生《よ》もさびし落葉するとき一途なる樹々

たちまちにものの形象《かたち》を蔽《おほ》ひつつ雪原のうへまた雪は積む

わらわらと夕べの街に降りしきる小鳥の羽のやうに見ゆる雪

みづからの影をよろこぶ幼子とほほゑむやうな月の出を待つ

目つむればはるか釜山の浮かびくる海越えむとして何思ひしか

戦ひに果てしいのちを思ふとき一杯の水もこころして飲む

光あるうちに歩めといふことば思ひあぐねたるわが胸に響《な》る

黄の花群

いつせいに羽並《な》めて飛ぶ鳩の群一羽ぐらゐはわれに飛び来よ

ひと雨ごと彩り増して来る庭に枯れたる芝の細き葉も掃く

単音に弾けるピアノが風に乗り道を隔てしわが家に届く

家移りの折に給ひし花菖蒲ゆたけく咲けることも書き添ふ

針のなき時計ばかりの描かれゐし画廊出づれば影深き街

針金のごとくか繊き人影の朱の鉄骨の中に揺れゐる

月見草の黄の花の群れいつせいに揺るる牧原風はつめたし

いつまでも雲を見飽かぬみどり子を抱《いだ》きゐるまに陽は傾きぬ

天使の髪

藍ふかき海にし沿ひて浜木綿の花そよぎゐつ今ははるけし

逃げもせず鳴きもせず本棚にゐる螽斯《きりぎりす》見つけたる子のあはれみていふ

からからと音たつるほど乾きたる骨ばかりなる蛇の標本

骨も内臓もすき透りゆく錯覚に辛うじて立つ標本室に

草を焼く煙は空に吸はれゆき藍ひといろの
みづうみとなる

北の間の窓よりゆふべ仰ぎみる雲みな銀を
帯びてただよふ

花つづる梢も闇にしづみゆき終章《コーダ》ばかりが
耳に残れり

海のいろ創らむとするをさな子の絵皿いく
つも藍に染まれる

とめどなく降り積む雪の中にゐてわれに発《あば》
かるる罪あるごとし

思ひきり泣きてしまへばまたもとのわれに
還りて片付けはじむ

唐突に響りいだしたるオルゴール木彫りの
天使の髪も欠けをり

鍵盤《キイ》のあたりを灯《とも》すのみにて奏でゐるその
掌のほかはあらざるごとく

まぼろしならず

遠き日に何を容れたる甕ならむあふるるば
かり水を張りおく

緑なすオアシスに駱駝の憩ふときまぼろし
ならずかの鈴の音も

砂漠にて聞こゆるは遠き風のこゑ駱駝の耳
はをりふし動く

思ひ深き貌して曳かれゆくときも駱駝はつ
ひに語ることなし

砂嵐よけてひそかに憩へるがオペラグラス
の視野に入りくる

たちまちに風に騒立つ野の草は涙のやうな
実をこぼしゐる

穂芒の風に靡かふ野のあたり耳のみになり
歩みゐたりき

日没をいく度見しかは解らねど土偶の眼《まなこ》は
夢みるごとし

砂漠にはさまよふ湖があると聞くたはやす
く人を信じゐるとき

笹の葉のひと葉ひと葉が眼となりて襲ひくるごとし風強き夜は

童話を読めり

起ち直るにいま暫くと思ふ日は石をぞ刻むごとくに過ごす

道の隈《くま》に今も遺れる庚申塔よく見れば三匹の猿の姿なり

校庭の花壇に芽吹く沈丁花昼の休みにいつくしむ見ゆ

枝先は春の日ざしに烟れりとやさしき手紙けふは届きつ

地の表を這ふごとき雨やうやくに止みたる後を連れ立ちて行く

軒下の燕《つばくら》の巣を見せたくて遠まはりして子と帰りゆく

いづくにか芽ぶくけはひのする夜は読みやらむ幼子たちに童話を

光をまとふ

てのひらのなかの甲虫いつくしむ子にかぎりなく夏の陽はさす

野の涯にひそまる森も夕靄にとけつつあはき光をまとふ

火《ほ》あかりのとても届かぬ水底に棲む魚のごとしいまのわたしは

いつさいを告げられて今《いま》凍りゆく手足とおもふ生命《いのち》とおもふ

くぐもりて鳴ける山鳩いつよりかわがかなしみと重なりて鳴く

てのひらをひらけるやうなあぢさゐのひとはひとはに葉脈ひかる

冷えきりし小鳥の骸《むくろ》をつつむやうに降りはじめたり細かき雨が

嵌込《はめこ》みのタイルに描きてありし街ユトリロの絵にすこし似てゐる

プールの中に水を盈たしてゆく時の水の匂ひにたゆたひてゐる

夕闇に冷えゆくならむ細き梢わが届かざる高さにありて

身にまとふ服の重たき感じにてさめたるのちは眠りがたしも

雲と落葉と

しきり降る落葉のなかに埋もれゐて寒暖のなき時間をすごす

ぬけ道のなきごとき日のゆふぐれに茜の色に空染まりたり

空高く蒐《あつ》まりてゐし羊雲ゆふべゆくへも知らずなりたり

山茶花のうすくれなゐの散るゆふべ漂泊《さすらひ》びとのごとく出で発つ

見付跡と標《しる》せば杙《くひ》の朽ちゆくを庇《かば》へるがごと蔦の絡まる

噤みゐししばらくののち抜けいでて池の辺《ほとり》に水鳥を喚《よ》ぶ

山あれば山を映せり樹のあればその樹を映す沼の水面《みなも》は

濾過されゆくかなしみならず落葉する樹々のあはひに立ちゐるときも

割箸を火種《ひだね》に焚火をせしことももとほき記憶となりてしまへり

樹に倚れば樹の匂ひする闇のなかくるしきことなど忘れてしまへ

かく生くるよりほかはなく生くる日も湖《うみ》に傾く楢の木たかし

迷へる人をその樹の下に置くときも風は全てを知りゐるならむ

夏すぎて訪ふこともなきみづうみのほとりにそよぐ枯れ葦の群れ

ムギナデシコの種子を蒐むるをさなごの掌にさやさやと響れる莢の実

玻璃壜《フラスコ》に育まれゐる球根の鬩《せめ》ぎつつ水に根を伸ばしゆく

幻花

花の中にまた花の咲くまぼろしに嘖《さいな》まれつ
つ幾日を経たり

うなだれて椅子に小さく坐れるを見つつこ
のうへ何をか言はむ

ふるさとに帰り着きたるきみの声いま生き
生きと受話器に響く

褐色の地面の下にはぐくめる稚《わか》き緑の根を
おもふなり

指先に眼《まなこ》を描きし画家のこと昨夜も思ひ今
宵も思ふ

闇のなかひとところ濃き闇のあり梟《ふくろふ》鳴けば
森ともおもふ

暁《あかとき》までなほいくばくの時あればゆらぐ心を
おさへつつ寝む

疲れ果てて眠りし夜の夢に来てしきり殖え
ゆく蟷螂《かまきり》の群れ

朝靄のなかよりふいに浮かびくるマロニエ
の樹の黄なる凋落

自然のままの水を溜めおく水甕に棲みつく
ごとし水苔の類

穂芒の蓬《ほほ》けて皓《しろ》き野のあたりまた新しき家
が建ちゆく

いつのまに降りはじめたる雨ならむ夢にま
で降り額髪濡らす

果てしなく

おちてゆく眠りのなかに降りしきる黄なる
花粉にたちまち染まる

どこまでも果てしなく翔ぶ夢のなかシャガ
ールの絵の馬とも出逢ふ

少しづつ花弁のほどけゆくやうなかなしみ
もちてふた月過ごす

何を言ひても声にはならず水底にゐるゆゑ
心かなしかるゆゑ

はるかなる闇の底よりながれくる砂の音とらへたる双の耳

まなうらにはばたきてゐる鳥の影追ひつめゆかむ吹雪の夜も

胸のうへに砂のふりくるごとき日々おもへば熱き涙わきくる

一匹の蝶ただよへる五月野にいでむすべなし子の病みたれば

すき透る水を嘴《くちばし》につつきつつ鳥は遊べど子は熱に臥す

花の芯をついばむごとき所作ののちとび去りゆけり羽音のこして

きりもなく迷ひゐる日もあぢさゐはあぢさゐ色の玉花咲かす

われを措《お》きて人らさりゆく気配なり羽をなくせるやうなる日々に

蜩鳴けり

よぎりゆく雲のみわれの視野にありてこの
数日を呆《ほほ》けて暮らす

風に吹かれてたちまちほどけゆく雲と地上
に立てる萱草の花

いただきのわづかの雪のかがやきを見たる
のみにて発ちてしまへり

うつりゆく雲のながれにふとかげる白き墓
標も海辺の街も

逃げ水のごときをいまも追ひてゐるわれに
あらずや逃げ水がみゆ

峡の浅瀬をブルドーザーが刳《ゑぐ》りゐつ刳られ
ゐるは人のはうなり

湖の底よりきこゆる鐘のひびきとも蜩《ひぐらし》鳴け
りゆふやみのなか

ゆふべとなりてひかりただよふ峡の径すす
きはすでに白き穂をもつ

うつつには諾ひがたきひとことと醒めてお
もへば驟雨は降《くだ》る

漠土

ふた瘤の駱駝の列にひと瘤の駱駝をりいづれも眼《まなこ》をつむる

先頭の驢馬に乗りたる一人のあと従きゆけどいづこゆくとも知れず

トルコ帽ターバンの人群れなして取引をするバザールの街

くちばしの黄なる小鳥も来てうたへみどり色濃き砂漠の森に

己が身をいたはることも知らざらむ点となるまで見送りてゐつ

旅の日に見たる夏雲おもふたびかたちかはれり記憶のなかに

朝夕の急に涼しくなりし日に庭の紫苑を竹筒にさす

しなやかに揺れゐる庭のべにがしはわが逡巡を知りつくしゐる

奔放に流れてありし山の水みづのゆくへを思ふことあり

咲きたけし薔薇の花首をきりてゆく美しすぎる週末もある

鳳仙花爆ず

みづからにものいふをさなの足もとに音もたてずに鳳仙花爆《は》ず

水蠆《やご》六匹を池に飼ひゐる少年が日にいくたびもその池のぞく

赤とんぼ塩辛とんぼになるといふ水蠆《やご》の棲《す》み処《か》を指に示せり

触角まですき透りゐる脱け殻をわがてのひらにひろひあげたり

ゆれやすき心をもちて勤めゐるわれか硝子の外も暗闇

水を掬ふをみなふたりの描かれある絵より今夜も水の音する

山鳩が向かひの屋根に鳴く声を合図のごとく雨ふりはじむ

雪の日の山鳩一羽灰色にゆらぐと見えてたちまち失せぬ

真向かひより吹きつけてくる雨の粒ひとつひとつの速度ことなる

雲

原爆の絵のほかはつひに描かざりし画家をおもへり雲の多き日

あたたかき春の日差しのさすなかを転がるやうに歩む幼子

紅《あか》みさす苺の粒を見付けたる子は叫びつつ告げにくるなり

プリズムをせがみゐたりし少年が今日か明日かと晴天を待つ

きさらぎの沼の色する地球儀を社会科室にもちはこびたり

たんぽぽの穂絮ふうはりとぶさまを目を細めつつ見送りてゐつ

スコップをもち出して落葉の下に潜む小動物を探す少年

終日を吹き荒れてゐる疾風にあらがふとなき庭の草木ら

鳩笛

子の鳴らす鳩笛ならむほうほうと夕やみせまる庭にきこえ来

二人子の上履《うはばき》をブラシに洗ひゐつ土曜の午後といへども忙《せは》し

郭公のこゑの朝々聞こえくる森なりけさは靄がこめたり

風向きを窺ひながら広告球あげてゆくさまとほくより見つ

ビルの上にひとつ漂ふアドバルーン赤きが目立つくもり日なれば

うちつけに降りはじめたる雨に濡れわが幼子の髪にほふなり

かなしみのきはみのごとく夜の空の白き雲
すこしも動かうとせず

桜

咲き闌けて狂へるやうに花片《はなびら》をおとす桜に
ちかよりがたし

カーブミラーに映る碧《みどり》も遠ざかり信号多き
街に入り来ぬ

神の手といふ大きいてのひらの彫刻を仰ぎ
たり人の仰ぎしあとに

疲れたる身を横たへしわが耳にひづめの音
が近づきてくる

みづからを律しがたくて幼子の渇きも見過
ごしゐるごとくなり

飛びたてぬわれと思ふにやすやすと子は鴇《とき》
色《いろ》の鶴を折りゆく

古びたる甃《いしだたみ》みち温としと思ひつつ踏めり山
門過ぎて

向ひ風にさからひて立つ山のうへかなたの
霧はたちまちに霽《は》る

高く低く波まきかへす海見つつしばらくは
忘れてゐたきことあり

海を越えて吹きゆく風のひとりごと聴こゆ
るごとし耳をすませば

うつくしすぎる

オレンヂ色の空の記憶のよみがへる暑き八
月十五日逝く

銀色の蜘蛛の糸なりと降りて来よ逃げむす
べなく生き惑ふ日に

シャガールの戦ひの絵のあか・緑・黄も紫
もうつくしすぎる

ひまはりの実をたべる鳥もゐるんだねとわ
が幼子がおどろきて言ふ

銀杏《ぎんなん》の殻を割りゐるかたはらによりきて何
を作るのかといふ

ためらひつつ夜に入るごとしいつまでも風
に揺れゐてまぶしき穂先

つけおきし干し椎茸のふつくらと厚みもど
せるくりや辺に立つ

苦しめるだけ苦しめといふごとくいそがし
きとき子は熱を出す

しのびよる雨のけはひを告ぐるごと山鳩啼
けり竹の林に

荒野

街灯のひかりあつめてゐる範囲骨片のごと
砂利はしづまる

焦土よりよみがへりたる草のむれ蒼き炎と
なりてかがやく

ところどころ丈つめられし牧草地ゆふべの
光ひろびろとさす

戦場に果てたる人の手記を読むいくさなど
まつたく知らぬ生徒に

冷えしるき玄関の棚にかがやける黄のプリムラの一鉢を置く

滾《たぎ》ちくる怒り鎮むるすべもなく孤りあるとき涙とめどなし

身を寄する一本の樹も見当らぬ砂漠にたちてゐるごとき日々

かなしみの色とも思ふ苦しみの色とも思ふ夕焼けの色

冬の苺をスプーンにつぶす幼らの生き生きとして黒きつぶら瞳《め》

ボアのフードに温められてゐる耳が聴きゐるは闇の中よりの声

いちにちの終りの水を汲むときもなほ鎮まらぬわれと知りたり

そつとしておいてやれよといふ声の受話器の底にいつまで響く

消え去らぬ過去

日記帳ふるき写真と備忘録《メモランダム》みんな燃やせど消え去らぬ過去

昨夜《よべ》の雨に嵩《かさ》の増したる池のなかわがものがほにめだかは泳ぐ

電信柱もあたりの緑も靄のなか声よりあとに人あらはるる

朝はやく小鳥のみづを替へる子のつぶやく台詞《せりふ》日ごとに違ふ

沈丁花の花芽ふくらみゆく音を聴きたくなりて近づきてみる

玻璃戸よりみおろす空き地見るたびにぺんぺん草の丈たかくなる

連結の音響きあふ構内に旗振るが見ゆたのしむやうに

くぐもりて響る踏切の鐘の音かつて住みたる家もま近く

からうじてわがたちてゐるかたはらを疾風のやうに電車は過《よぎ》る

部屋の隅に吊りおく地図の碧《あを》きところ波立
ちさうな明るき真昼

水のなかの蛙の卵すき透りすき透りをれば
かなしみはくる

昆虫にも耳はあるさといふ声が子ども部屋
よりきこえくるなり

カレンダーのなかの女の抱へもつ壺より水
があふれてしまふ

外灯に灯を入るるため立ち上がりそのまま
玄関の花をみてゐる

あかあかと夜も灯せる足場あり足場のうへ
に人は働く

しづかなる朝の空気を押しわけて沈丁花咲
けり手触るるなかれ

一枚の絵のなかにある真実も語り継がねば
いつか忘らる

何も見え来ず

小鳥の墓の目印に植ゑしサフランの紫の花けふ開きたり

畑ごとの仕切りはおほむね茶の木にて往きもかへりも茶の花にあふ

蟷螂《かまきり》の卵いくつももちかへり育てむといふこれも止められず

桜さくら桜に逢ひにゆかむとぞいひたるままに逝きてしまへり

にんげんの真似して笑ふ鸚鵡《おうむ》のこと話題となして夕食をはる

金槌のかはりに小石をふるひつつこの少年は何を作れる

人間に飼ひならされし獣らの媚びてゐるさま見たくもなし

あと二三日すれば咲くらむ海棠の芽はひかりつつ風に揺れゐる

しろじろと小さき花を咲かせたる蘩蔞《はこべ》をつつく二羽の十姉妹

枇杷を食む幼子ふたり上の子が下の子のだす種子を受けとる

雪の下のかすかな花を摘みためし女児《をみなご》ひとり帰りゆきたり

職を辞めて生きゆくほどの自信はなく勤めゐる日々何も見え来ず

茜雲

陽の没ちて涼しくなれる庭におりて夕食のための青紫蘇を摘む

丈たかくあら草繁る休耕地草をたふして子らは遊べり

屋根よりもぬきんでて高き向日葵を描きたる絵を子は持ち帰る

だだつぴろい基地の跡《あと》空へ伸びてゆく獣のやうな鉄骨の群

橋桁に触れむばかりに飛ぶ燕くもり日なれば低く低く飛ぶ

二階にて読み更かしゐる少年もいま鳴く木《づ》菟《く》をききてゐるらむ

すきとほる朝の日差しのなかにゐる鳩の小頸のよく動くなり

雑草のはびこる空地を二階よりみおろしてゐつ看取り疲れて

塩壺に塩をみたせりこの夜の厨の仕事すべて終はりて

夜の位置に置き換ふるとき籠のなかの二羽の小鳥はひとしきり鳴く

山茶花の花びらいくつさし貫きてたちまち花輪をつくる女児《をみなご》

眼をあけてゐるばかりなる数日のうつうつとして過ぎてゆくなり

壁におく雲の写真が湖に見ゆる日ありてさざ波たてり

聞こえくる

放課後に生徒の吹ける口笛の「胡桃割り人
形」が窓より聞こゆ

夜を更かしものを書くとき聞こえくる蛍光
灯のたのしきおしやべり

てのひらを天にひろげてゐるやうな梨の畑
のしばらくつづく

透きとほる瓶につめおく貝殻の春の潮《うしほ》を恋
ふ夜もあらむ

たかぶりてなかなか眠らぬをさなごとヴェ
ランダに探す北斗の星を

鉢植のパセリを室にやしなへるちちははの
家を久しく訪はず

古き傷を舐めつつわたりゆくやうな野末の
風を聞きてゐたりし

松の響《な》る音に目覚めししばらくをみどりふ
くらみくると思ひつ

岬をさがす

みひらける八十の瞳がいつせいにわれに注がるる夢より醒めぬ

巻き戻さるるとき巻尺は自らの意志のごとくにはげしく戻る

春休みに子らと訪ねん岬など夕食ののちに地図にて探す

やはらかき日ざしにやうやくなりてきて池の畔《ほとり》に咲く花辛夷

古代刺繡の花喰鳥にも似たるかな梅のつぼみをひよどりの食ふ

たちまちに雲拡がりて寒き空アンテナばかり抽ん出て立つ

プリントを刷りつつ思ふ寒き日はインクの延びの格別悪し

魑魅魍魎の棲みゐるやうな理科室のなまぐさき闇に近づくとせず

いづかたへもつくことのなき人のいふ「とかく目高は群れたがる」

叱られし子は犬のごと出でゆきて六時過ぎてもまだ帰り来ず

木曽駒

柵のうちに身動きもせず立ちてゐる木曽駒二頭まなこやさしき

やうやくにつぼみほぐれて来しからに思はぬ方の枝ぶりも知る

家ごとに何か小魚の干してある小さき村をたちまちに過ぐ

藤村の詩碑の見おろす海ばらに春の潮のきらめきやまず

船着き場に灯る緑の案内灯夜更けて靄のなかにたゆたふ

夏柑の種子より生えし若き葉を鉢に移して子らはいとしむ

「このへんにあげは蝶がよくくるんだよ」庭の向うのをさなごの声

夏の陽のにほひ残れる子の帽子リボンを換へて蔵はむとする

乾漆像

偏衫《へんざん》の朱のいろどりのにほふごとき乾漆座像のまへにたたずむ

草も木も絶えたる賽の河原にて硫黄のしみたる小石を拾ふ

芽吹くにはいまだも遠き枝々をくぐりぬけつつ麓《ふもと》に至る

野のはてとおもへるやうなひとところタモの林のしばらく続く

粟・稗に生まれ変はるといふこともかならずしもさびしきことと思へず

海原の涯の補陀落をあくがれて舟出せしとふ浜に来て立つ

ハマムラサキあふれて咲ける浜近く裂かれし魚の陽に干されゆく

森のなかより迷ひいでたる黄の蝶のふりむく事もなくてとびゆく

楕円の冬野

避けて通れぬ径なりしかといまは思ふ乾ける空にこがらし響れば

雛罌粟のかたきつぼみのままなるを買ひきて待たむ花の咲くまで

疲れたる眼を閉ぢてゐるつかの間をかけぬけてゆく不幸のごときもの

白き泡を吹きつけながら磨く玻璃の楕円のなかの冬野うつくし

花咲きてはじめて知れる樹々の名を子に知らせむとメモをしておく

子の作れる鬼のお面の空洞の眼より見つむる夜の暗闇を

かなしみをあつめて咲けるごとくにも彼岸花紅をにじませてゐむ

野の墓に眠りゐるちち風の夜は風の音にも耳たてをらむ

逝く

かぎりなく湧く夏雲をものいはず仰ぎゐし日はきのふのごとし

しづかなる寝がほのままに逝きまししちちなり誰か起きよといへり

はげしかりしちちの生命を思はせて墓の近くにかまつか咲けり

石粗き奥津城どころ今ごろは吾亦紅・竜胆咲きみちをらむ

住居趾

やはらかき芽吹きの季の近づきて裾野あたりのみどりまぶしも

井戸尻遺跡縄文住居趾十分と立札のある駅頭にたつ

けざやかに夕陽さしゐるホームのうへ人はおのがじし日向にたてる

理科準備室の水槽のなかに飼はれゐる冬の鯰《なまづ》は動かうとせず

遊び着のやうなだんだら模様して足長蜂は倦まずはたらく

昼の間は人のゐぬこと知るごとく蜂はしきりに巣づくりをする

くぐもりて鳴く雉鳩の声はしてつられたるごと雨降りはじむ

一寸先は闇といふにはあらねども丈伸びてゆくみどりの新芽

片付かぬ庭に降り立ち種子を蒔く所かまはず子は種子を蒔く

連獅子の白き獅子のみ舞ひ狂ふ夢のなかにて夢と思ひぬ

転居

移りきてまだ日の浅き庭隅に緑ゆたけき蕗の薹を摘む

蒲公英の穂絮とび来て根を下ろす折鶴蘭のすきまの土に

陽のあたるあたりより徐ろにひらきゆく朱の躑躅も白の躑躅も

まるごとの胡瓜まるごとの人参をつぎつぎと食む子の風呂上がり

イヤホンをつけたるままに眠る子のいかなる音にか漂ひてゐる

病むちちの枕べにいつも飼はれゐしみどりの鸚鵡逃げたりといふ

鵯《ひよどり》の休みてをりし槙の枝去りたるあともしばし揺れゐる

ファーブル・シートン読み了へて乱歩に熱中する十歳の子の読書遍歴

コーヒー樽を住処となせる鍬型虫武将の名前に呼ばれて飼はる

残し来《きた》る山椒も新芽を伸ばしつつあらむか
ゆふべ雨降りはじむ

蝌蚪のむれひしめきあへるたまり水信じが
たきを信ぜむとする

プールより帰り来たれる子の髪のぬれ光り
ゐて陽差しをかへす

腹這ひになりてメダカと語りゐる子の二本
脚細くて長し

いつのまに種子こぼれしや引き抜かず置き
し菫の株殖えてゐる

のび放題の葡萄の蔓よわが好む薬師寺葡萄
唐草文様

庭の樹の伐られて明るくなりしこと縁《えん》に本
読む少年のいふ

給ひたる糸瓜を夕食の膳にのすその象牙色
いとほしみつつ

街灯に凭《よ》れる蛾のむれよく見ればインド更
紗の模様のごとし

雲はいつしか

汝がふるさとの河原にしげる葭のむれとがれる葉先みな天に向く

無限花序の形に花火の爆ぜてゐる夏の終りを河原に憩ふ

幾千の光の束の爆ぜて散る夜空といふも闇《あん》黒《こく》ならず

誤ちて刈りし蕺草《どくだみ》いつまでもあをきにほひを四方に放つ

花鋏使ひすぎたる日の暮れのてのひらあつし熱もてるごと

乾きたる畑の土をけむらせて走りゆくとき子は黒き豹

寄り合へる雲はいつしか消えゆきて鴇色《ときいろ》にゆふべの空はしづまる

身を捩《よぢ》りて一本の樹に成りし少女この森のなかにひそみてゐずや

忘れゐし悔しきおもひをかきたつる真紅の薔薇の花くびを截る

椿の実の笛を鳴らすと子が頬をふくらます
さま阿修羅に似たり

カラスウリ

多忙なる日々に一息入れよとて秋海棠のう
す紅の色

怠らず伸びゆくものは緑のみ酢漿草《かたばみ》・母子
草・ウォーターヒヤシンス

十月に入りて冷えまさる風の色すすきの穂
先研《と》がれてひかる

星のことこのごろ学びてゐるらしく夜更け
て天を仰ぐ気配す

仮植ゑにはあれど咲きつぐ山茶花の白ただ
よひて庭の明るむ

バスルームに置かむと庭の蘭を掘る青磁の
色の鉢を選びて

暖房の届かぬ部屋に移しおくサラダ菜・レ
タス・紅玉いくつ

ジャコメッティ描く人物像のごと冬木は繊く繊くなりゆく

野菜屑を埋《うづ》めしあたり踏みゆけば土やはらかし少ししづめり

葉の色と寸分違はぬ青虫がその葉くらひつつともに揺れゐる

生活のため辞めゆきし女生徒のレストランにて働くといふ

手もと簞笥

旬日もすれば芽吹かむ吉野山くだり来て麓に吉野雛を買ふ

封書ひとつ投函するとき目に浮かぶ久しく会はぬ父母の顔

段ボール箱に溢るるほどの馬鈴薯をもたせくれたり田舎の母は

片付かぬ部屋隅におく手もと簞笥買はむと午後の街に出でゆく

木造校舎の二階の窓より見ゆるもの自然食品を商へる店

生徒らが猫屋敷と称べる一軒家屋根にも塀にも猫のたむろす

自由帳に一心に迷路を書きてゐる子も迷ふこといつか知るならむ

少年と旅

ヤマダカレハ山野に異常発生せる暑き日本を子は脱出す

カオイダンの難民キャンプを見て来たることのみ書ける絵葉書届く

チェンマイの山の奥なる阿片工場草屋根なるを子は指し示す

雨あとにあらずともつねに濁りゐるメナムの川の水量おもふ

竹細工・象牙・陶器と購め来て鞄より出す
手品師のごと

熱帯樹林のなかを走れるスコールの激しき
さまをいきいき語る

バンコックより携へて来し蘭の花まぼろし
よりもたをやかに咲く

川幅を狭めるやうに殖えゆけば布袋葵は刈
りとられたり

梅雨に籠りて

何を剪《き》りし鋏か梅雨にさび噴きて鉄さび色
のかなしくにほふ

消毒をせねばはびこる青虫ら桔梗の新芽も
容赦なく喰ふ

時計のやうに正確に鳴く郭公の姿見えねど
今日も来て鳴く

何をこぼしてもたちまち黴のはえてくる梅
雨に籠りて歌ふことなし

旅

見渡す限りの霧の牧場におり立ちていま放たれし小羊に遇ふ

チモシーはシベリア原産イネ科とぞ帰り来て辞書に確かめてゐる

線路ぎはの藪萱草《やぶくわんざう》は風圧にもめげずに咲けりオレンジ色の花

オホーツクの海に拾ひし海猫の羽はかそかに潮の香のする

飛べさうな川幅なれど水量はゆたかにありき熊穴川は

海よりはいく分うすき鹹《から》さなりサロマ湖のみづを口に含めば

大阪よりバイクに来しといふ少年陽焼けせる顔に峡を見おろす

連絡船に沿ひつつ飛べる海鳥のをりをりしろくちばし光る

砂あらし

白花のたんぽぽが花をつけしこと明るきこゑに知らせてくれぬ

近隣よりうとまれてゐる砂あらしけふも校庭にまきあがりゐる

蟻の巣を掘り来て飼はむとする子らのこゑ響きをり厨の外に

八郎潟干拓以前の地図をもてるわれはしばしば生徒に笑はる

テーブルに敷きつめてある世界地図見知らぬ島にミルク零《こぼ》せり

常緑樹といへどしきりにふりこぼす細き葉を掃くヒマラヤ杉の

水栽培のヒアシンスの花なに色の咲くかと日々を楽しみて待つ

肉眼にても見えるといはるる彗星を見む日近づき子は落ちつかず

平仮名をおぼえはじめし子がしきり平仮名を書く広告の裏に

紙雛を作らむといふをさなごの指にぬりゆく糊がにほへり

水面をおほひつくせる鴨の群れ風に揺れつつ餌を求めゐる

飾り棚より出して磨ける銀の匙にいとけなき日の子がうかびくる

薬指に棘の刺さりてゐることも忘れたるまま昨夜は眠りき

ゴムの葉の一枚づつをぬぐひやるたゆたふごとき日ざしのなかに

風向きによりては牛舎のにほふことわがをさなごの声高にいふ

かかはりのなきひとまでが憶測にものを言へるはさびしともおもふ

バオバブと子らの呼びゐる巨木よりあつめて来たる葉を見せらるる

スノードロップ

塀のきはのスノードロップ丈低くそのあたりより風の立つ見ゆ

森の蔭より子の摘みて来しつりがね草うす紫に息づきてゐる

向日葵にとてもおよばぬ背の丈のわが子措《お》きてはなにもできない

蛍光灯のスイッチに下げたる巻貝をかそかに揺りて地震《なゐ》は過ぎゆく

貧困のころのビュッフェの描きたる「目玉焼を焼く男」おもへり

アメニモマケズ

タクラマカン砂漠の砂を給はりて机上に置けばいぶかしむ子ら

小瓶のなかの砂をとほして見えてくる砂嵐・風紋・駱駝数頭

持ち帰りしが仕上がらぬまままた持ちゆく
資料の束は何も言はない

池のなかに放たれし小鮒濶達《くわったつ》に泳げるさま
を確かめてゐる

柿の実をついばみてゐし鳥のむれいつせい
に発つ雨戸を繰れば

自らのための時間の少なきを熱に臥しゐて
つくづくおもふ

蘇芳色の穂芒風《かぜ》になびけるを傍らに見つつ
家路を急ぐ

アメニモマケズの詩をくちずさみ風呂にゐ
る下の子の声ここまで届く

母子草咲く

山茶花のしきりかがやくこの朝《あした》再び還らぬ
ひととおもへり

棺に入れる歌のいくつを誦《ず》しながらこぼる
る涙ぬぐはむとせず

何ゆゑに死んでしまつたと詮索をすればするほどわからなくなる

あまり陽のささぬ校舎の裏側に淡き黄の花母子草咲く

わが漬けし梅干しを携へグワテマラに赴任せしひとのその後を知らず

植ゑし記憶なきが今年も芽を吹きてつやめく花を咲かすベゴニア

土を踏みたることなき猫がこはごはと雨にうたれし庭に降りたつ

鳥の巣とも枯葉とも見ゆるかたまりが梢にありて風に揺れゐる

新聞を読むことさへもあきらめて眠らむあすのために眠らむ

苺ジャム

菅平の木苺のジャムを携へて合宿明けとぞ寄りてくれたり

製材所の庭を狭しと積まれあるシナノキを
うてり冷たき雨が

子の電話待ちて耳のみ醒めをれば消え入り
さうなこほろぎの声

樋にたまる雪どけ水を噛みにくる椋鳥の声
かしましき声

気温十五度になれば目を醒ます庭の亀立春
過ぎてをりふし思ふ

このあたりに間もなく菫の生え来むと固き
根雪をシャベルにおこす

誰もをらぬ教員室の片隅にヒウガミヅキの
ほつほつと咲く

ハレー彗星観測のため発つといふ安房御宿
を地図に探しぬ

ムンクの「叫び」

戦闘機でも懼《おそ》るるやうに逃げまどふ掃除機
嫌ひのわが飼ひ猫は

よく斬れる庖丁が欲しと思ひゐつ玉葱を微
塵に刻みゐるとき

梅花黄蓮《ばいくわわうれん》はキンポウゲ科の多年草山くだり
ゆく足もとに見つ

軍手はめて靴を磨けるわが姿首をかしげて
見てをり鳥が

譲り受けてあまり使はぬ二連梯子まへの持
主は何に使ひし

昼のサイレン聞きて起き来し少年の小鍋に
何かを作る気配す

耳を蔽《おほ》ひて叫びたくなる衝動に浮かびては
消ゆムンクの「叫び」

朝一番の郭公の声ききたりと初めて徹夜を
せし子のいへり

高村山荘

智恵子亡きあとの七年と数ヶ月光太郎の過
ごしし高村山荘

小さくとも温もりのある山荘にめつむりておもふ都会の暮し

夏の盛りも野の径に沿ひて雪囲ひ長くつづくをおどろきて見つ

バスにても四十五分の雪みちを雪にまみれて歩む姿みゆ

光太郎が楽器を贈りし山口分教場資材置き場といまはなりゐつ

猿ヶ石川童話のやうな川の名にひかれて来たり遠き遠野に

藤づるに蝉の脱殻のありしこと知らせやらむにまだ帰り来ず

つぎつぎと無理難題をふつかけるふたりの子どもに疲れてしまふ

元禄二年芭蕉の訪ひしは旧暦五月毛越寺に筒鳥をききしや否や

高館跡より見る衣川どんよりと曇れるけふの空をうつせり

クレヨン画抱へて径を急ぐ子をわれは自転車に追ひ越してゆく

鳥と私

縁側に間近き鶲に今日も来るひよどり・むくどり・番《つがひ》のすずめ

自転車のペダル直すと押してゆく暑き路上に逃げ水が見ゆ

玉ねぎをきざむとかけし水中めがねもつと変はつた世界を見せよ

人は人われはわれなりと割り切らむつもりがいつか曖昧となる

背のびして薔薇のにほひをかぎてゐるセーラー服の少女がふたり

雨などに負けてたまるかといふごとく尾長は鋭き声にとびたつ

梅雨の晴れ間に開け放ちたる窓をよぎるスヂグロテフに従《つ》いてゆきたし

めぐみの雨うけてよみがへる槙の樹の若葉あかるき緑にひかる

電車待ちと電車のなかの十七分あつめあつめて校正終はる

あとがき

『鶲に来る鳥』は私のはじめての歌集です。

この集には一九六四年から一九八六年までの作品の中から四百余首を選び、収めました。

大学二年のとき、学内の短歌研究会「春鳥会」に所属したことが、私の短歌との出会いでした。春鳥会の顧問は木俣修先生であり、同時に、「形成」にも入会したのでした。

思えば、作歌も仕事も家庭もそれぞれ二十年を越えてしまいました。ここにつたない作品を整理しながらも、歌を詠むことは本当の自分に出会うことだと思いました。この歌集で一区切りをつけさらに新たな世界を見つけたいとも思っております。

歌集出版に際し、ご多忙な中を吉野昌夫氏には序文をたまわりました。深く感謝しております。

また、林安一、三井ゆき、沖ななもの諸氏にはお忙しいなかしおりのご執筆をいただきました。厚くお礼を申しあげます。

なお、出版を快くお引き受け下さいました短歌新聞社の石黒清介、高瀬一誌様の御配慮に心よりお礼を申しのべます。

一九八七年四月

宮本永子

『雲の歌』（全篇）

雨のにほひ

一体のこけしがやをら立ちあがり近づきくると見えて目の醒む

ものを書く右手が書かざる左手より冷たきことにたまたま気付く

修正液の呼び名つぎつぎ変はりゆく例へば白ペンキ白ペン白消し

いつも番《つがひ》でくるは四十雀単独でとびてくるのはひよどり尾長

教卓のひき出しのなか壊れたる手鏡を入れしはだれの仕業か

飼猫と語りあひゐし野らねこが背のびをしたるのち去りゆけり

宅急便にてあまた届きしキウィの果《み》透けるみどりのジャムを作らむ

坐して書きやがて寝そべりて書きつづけきみの熱中スタイルはじまる

久方ぶりの雨のにほひにたゆたひてゐるのはわれと庭の黐の木

うなづく鴉

ああああとうなづく鴉の声がするたまには
NO！　といへばいいのに

むやみと甘いフルーツゼリーを舌にのせ甘
い生活といふを考へてゐる

てのひらにつつめる桃のやはらかさまこと
に桃はをみな想はす

もう少し太らせてから取らうなどと思ひゐ
る間に茗荷はひらく

雨と雨のはざまを縫ひてきこえくるアイネ・
クライネ・ナハト・ムジーク

かなしみにあらぬ泪が眦《まなじり》をつつと伝ひてあ
くびは終る

雑食性七郎鼠またの名をノルウェーネズミ
といふが出入りす

わからなくなる

忙《せは》しければ忙しきほどに張り切れる　この
性癖をみづから嗤ふ

木賊色《とくさいろ》といへばぴつたりくるものを海松色《みるいろ》
といふからわからなくなる

紺いろのゆふぞらのもと一丁の豆腐を買ひ
ぬ自転車を止め

真弓坂をのぼりて瓢池《ひさごいけ》にゆく　道にニシキ
ギ科檀《まゆみ》の繁る

日々かたく太りてゆける花梨の実その充実
にさへ遠く及ばず

水の束を天に吐きつつ噴水はときをり大い
に不機嫌になる

仁和寺の玉砂利踏むに玉砂利は応へていへ
りゆつたり生きよと

シャガールの絵より抜けいでてわが胸に届
けるやうな花束を受く

わが庭にしかと根づきしピラカンサス低き
ところに実を結びたり

花を観るのみにあき足らぬ人間が木犀酒と
いふをあみだす

鵜飼の鵜のやうに吐き出さば楽になれると
いふにもあらずこの苦しみは

秘密の扉つくりたるゆゑ殺められし石工の
ことは話さずにおく

年ごとに花をひとつづつ増やすといふ百合
のやうにはゆくはずもなし

レジェの絵の石みたいな雲のわく午後をわ
れはわれより遠く遊離す

風来坊には風来坊の理があらん　時みちて
散る落葉ひとひら

風刺画

きみの目の高さにものを見ることのなくて
過ごししこの二十年

ワープロに親しみにつつペン胼胝《だこ》のやはく
なりゆくわれの中指

この上は殖えては困る芝草が日ごとに陣地をひろげゆくなり

ガラス板に煤《すす》ぬりて日蝕を見よといひしその父がいま目のまへに臥す

さしあたり治療の目安つかざるをいらだちてゐるひと日の長し

ただあをき垣と思ひて歩むうちくれなゐの濃き山茶花見え来

わが壁に掲げてありし掛時計を子は持ち去れり時間と闘へ

野に棲めばにはとりでさへ翔ぶといふやつてできないことなどはない

背後より自転車の近づく気配あり自転車のわれはスピードあげる

猫股になるには修行が足らざらんのらりくらりと暮らす家の猫

スポーツをする親ならばなあと言へる子のこの頃とみに註文多し

父の部屋着を借りてうろつく少年が目ざはりのやうで頼もしくもある

壁をとほしきこえくるこゑくぐもれど喜怒
哀楽の区別はできる

太鼓腹の中身は何か思ひみよとブリューゲ
ルの風刺画壁に

ほど遠く

夜も昼も押さへがたかる思ひありて鉛のや
うな息を吐き出す

それはそれで諾ふほかはなかりしと苦き薬
を丸ごとに噛む

どっちみちいつかは無になると言ひたげな
今日の蒼穹《あをぞら》雲ひとつなし

ふうはりと吹く春風に乗りて来よこの世に
あらぬたましひひとつ

これでもかこれでもかと降りつづく雪に天
上の父を想へり

トルコ桔梗の濃き紫は音たてず冥府のこゑ
を聴かむとするに

二階より見てゐる視野に入りてくるはづみをつけて荷を積む男

九州の某《なにがし》湾のアゴを焙る焙れば海のにほひたちくる

花見酒月見酒はた雪見酒わけのなければ飲めぬものらし

瓶子《へいし》の酒を減らしゆくのが人生の目的のやうな男を見てゐる

春女苑《はるぢよをん》が一番ゐばりて咲く空地地面を覆ふ莧《ひゆ》はそのつぎ

偕楽園は快楽などとはほど遠く帰りたるのち風邪に臥したり

きこきこと磨けばきこきこと返事する三面鏡をけふは賞めやる

立つたついでに三つがほどの用を足す脈絡もなき三つのことを

二重窓の室に練習してをればフルートよりも太鼓がひびく

風の坂道

うらうらの春の坂みち登りつめ鳴滝二丁目の旧宅に着く

シーボルトの旧宅跡の二つ井戸ひとつは大きなザボン浮かばす

叩かれて叩かれつづけてへこみゐる魚板の腹部も国宝のうち

輪廻転生輪廻転生と散りいそぐ椿の花の陰影ふかし

高台の火《ヒ》番《バン》森《ムイ》に立つ慰霊之塔　慰霊されても人はかへらない

鍾乳洞にひそけく棲める手長海老使はねば眼の滅びゆくなり

首里のすみれ那覇のすみれとわが見つつ色の違ひを心にとめる

咲かぬが花

玉蔵院のしだれ桜はまだ咲かず咲かぬが花
と来て仰ぐなり

どう考へても解決策のなきことに思ひいた
りてまたも落ちこむ

わが身より抜けたるやうな鳥の和毛《にこげ》ふはり
ふはりと定まらず飛ぶ

あてにせずなりて久しくなりたれど全くあ
てにせずともいへず

傷口のやうに広がりゆくおもひ捨てむすべ
なく眠りにおつる

ケースバイケースといへる逃げ口上そぶり
のかげに見え隠れする

崖つぷちよりなだれ落ちゆく凄まじき水の
やうなり時間といふは

暗闇にいつまで覚めてゐることのなければ
闇の呟き聴かず

身勝手な鳩が棲みゐる鳩時計ぱぽぱぽぱぽ
とずれて鳴くなり

切羽《せつぱ》つまりてしぶしぶ始める仕事などもともとうまくいく筈もなし

まつすぐにただまつすぐに歩みゆけ今はそれのみに止めておかむ

踞まりて御形《ごぎやう》ハコベラ抜きてゐる草前草《おほばこ》は特に引き抜きがたし

皐月《さつき》の花の咲き終れるを摘みてゐつ襤褸《らんる》のやうなそのかたまりを

ガラス玉にA玉とB玉があることを今日は知りたり知らぬこと多し

生きてゐるもののみが生きてゐるのではない庭の赤石もものを言ひたげ

気の荒い鳥もあるべし空中をとびつつふいに角度を変へる

遠き眼をたまにはせよと思ひゐる足もとばかり見る少年に

ほたる飛ぶ谷を見たしと思ひつづけ蛍にあはずに終るいのちか

一日の時間は平等なるものを草食む牛と残業男

ものと心こころと物の均衡を欠くときぎし
ぎしと軋《きし》む音する

らららららと

蛇笏《だこつ》の碑もさくらを観てゐる城あとにらら
らららと花びらは舞ふ

掌にとれば桜の花びらあたたかしそのぬく
ときに遠く及ばぬ

オフェリアといふには年をとり過ぎの女ふ
たりが花びらを撒く

四月雨《エイプリルシャワーズ》　五月嵐《メイストーム》はよそのこと卯月朔日の
日はうららなり

終の甘さを見ぬきてゐるや説得などどこ吹
く風と寄りて来る子は

考へても考へても結論のでぬことを考へぬ
きて疲れてしまふ

一般道路と基地を隔ててゐるフェンスに昼
顔咲けり日に数を増し

足おとが近づきくると思ふうち聞き覚えあるこゑに呼ばれぬ

雨降れば雨　風吹けば風に身をまかせて十四五分自転車をこぐ

魚の目と誰が名づけしや足裏に目のあればピカソも驚くだらう

桜　桃

真実を知る権利といふがあるならん知りてどうなることもなけれど

すぐ鬱に傾き易きわがこころ柿若葉にもなぐさみがたし

如意棒の欲しくなるほど忙しく螽蟖《きりぎりす》にはなかなかなれず

まつ赤なうそ青息吐息黄色い声いかにも人はいろいろな色

桜桃《さくらんぼ》といちごのケーキを食べてゐる十七歳のこころを知らず

庭の樹をたのしむやうに伐る音が縁を伝ひてここまで響く

風景がふくらむほどに雨降りて箱根卯木《はこねうつぎ》の紅もにじめる

このごろは寄るな触《さは》るなと小うるさし十七歳の目をとがらせて

もぬけの空《から》の部屋一巡し一脚の椅子の位置さへ変へずにもどる

定家のやうに繊細なる心をもちあはす人と暮らして神経細る

正面きつて向きあふことのつらければのらりくらりと時間をかはす

句読点のやうに煙草を吸ひにゆく男のことはとんと解らぬ

雨の少なき夏とかかはりのありやなしやこのごろ庭に蜥蜴孵《かへ》らず

むらさきと白の花にて造りたる花の時計は音を刻まず

大葉《おほば》といふ名にて売らるる青紫蘇をけふは
たつぷり買ひてもどり来

催眠の書などは不要　眠りをさそふ蟋蟀の
こゑ二声三声

木々の芽の

外出のとみに少なくなりし母に見せたき花
がつぎつぎと咲く

木々の芽の伸びゆく音を聴かんとぞ枝に近
づく半歩がほどを

謀《はかりごと》が隠されてゐる可能性なきにしもあら
ず会議はすすむ

白黒《しろくろ》をはつきりさせよと迫るこゑ双の拳《こぶし》を
にぎりしめつつ

山あひにただよふ霧に日すがらをしめりつ
つ咲く山あぢさゐは

昔むかし真紅の薔薇が言ひました優しすぎ
るも害あるべしと

クールベの海

群れて咲く白粉花《おしろいばな》の濃き赤にだまされぬやう少し離れる

存在といふは危ふし俎板につぎつぎひらく銀のキビナゴ

ガス台の蒼き炎と暮らす日々ほほづき色の火の色を恋ふ

その父の汗のにほひに似てきたる少年のシャツをざぶざぶ濯《すす》ぐ

くきくきと皿を洗へる暗がりに何の知らせか稲妻はしる

どうしても右に撥ねたき毛の束をなだめゐるなり人を待つ間を

海のうへに虹たちてゐる数分間言ひたきことは今のうちに言へ

クールベの嵐の海に漕ぎ出でていまだもどらぬ子とも思へる

彼岸ばな此岸の誰と約せしやかならず彼岸にうち群れて咲く

かなしみをロールキャベツに巻き込みてとろとろと煮るガスの火細めて

岡山産の白桃のしづくをしたたらせ子と食べてゐる思ひそれぞれ

川ふたつ越ゆればきみのふるさとに辿り着くなり蟬しぐれ降る

近江の蛙

道ばたの草よりひよつこり顔を出す近江の蛙もただの草色

鳥獣戯画の蛙ほどにはさまざまな表情を見せずこの青蛙

中学生の子が打ち鳴らす比叡山の夕暮の鐘四方《よも》にこだます

湖《うみ》の明りうけて明るむ堂の内《うち》十一面観音の御手やはらかし

十一面のいづれの面も割りきれぬ笑ひ哀しみ苦しみを見す

十一面のなかに探せどもわが顔に似たるものなどひとつもあらず

藤のつる伐れば伐るほどよく伸びる樹には反撥力といふものがある

思ひきり枝うちをしたる柿の木のみどりうるほふ秋近づきて

あまり家にゐつかぬ少年は渡り鳥　換羽のやうな白きシャツ干す

ミケランジェロ作ダビデの像にはほど遠し脚の長さも首の長さも

これ以上散らかりやうのなき部屋に取りあへず急ぎの書きものをする

メビウスの輪

序破急のテンポをたどり伸びてゆく桜の若葉　欅の若葉

かなしみはかたちを成さずしかれども毛管現象のやうに広がる

気弱きときひたすらに欲る孫悟空のつね持ちをりし如意棒一本

いらだちに似つつふくらみを増してゆく南の方の雲のかたまり

ペダルを踏みてメビウスの輪を辿りゆけば向うからくる自分に出会ふ

群青の天《てん》の高みに吸はれゆくことなどあらず桜の森は

使はねば退化するといふさしあたり両手両足脳味噌こころ

サインペンもボールペンもとても及ばない赤鉛筆のそのやはらかさ

植木ばたけの端にひしめく黄のむれを菜の花の黄と近づきて知る

帽子ぬらして帰りて来ればああをんと一こゑ鳴きてねこのあらはる

人間の呼気に湿れる夜の部屋羽たたみ今は眠りゆくべし

山鳩

咲き盛るま白き桜ふくらみて闇の世界をすみずみ照らす

考へてゐるのかゐないのかわからねど松のこずゑに首かしげる鳩

ひんやりと渓《たに》の底よりくる冷気しばしたましひはぬけ出でて遊べ

てのひらに受けとめてみる雨粒の思ひのほかに温き雨つぶ

山鳩を止まらすための電柱と思はねど今日も山鳩止まる

しなければならないことを書き並べ優先順位の思索にをはる

決めてしまへば後《あと》へは引けぬことなれどやうやく重き腰をあげたり

とりかかるまでがなかなか難しくとりかかりても横槍がはひる

枝のうへにて蝸牛は迷ふ西の方へ行くかさてさて東の方か

少しづつ暗みゆく庭に茫《ばう》とゐる夢のなかな
る白芍薬と

明日は傘寿となれる母なりこの先に傘をさ
す日のいく日ありや

　雨の日はこもりゐるのみ杖もたば傘さすことの叶はざ
　るゆゑ　修

杖もたば傘をさせずと歌ひし師の齢をこえ
てわが母の老ゆ

くもり日

本当にわかつてくれさうな一本の樹に近づ
きてその幹に触る

枯尾花つたひて雨は降りくだるこらへきれ
ない泪のやうに

ほんたうに難を転じてくれないか南天の実
のつぶつぶ朱し

火生《かしやう》三昧の阿修羅《あしゆら》の像の烈しさにあやかり
たくて遠く来て立つ

立ち迷ふ朝の川靄《かはもや》ももやにしてはならないもろもろのこと

倉屋敷つまりて倉敷となりしといふその倉敷の町を歩きつ

くもりのち曇りのひと日ひる過ぎの曇りは午前よりやや肌寒し

天を仰ぎ地に平伏《ひれふ》して頼みたき祈《ね》ぎごとあれど声にはならず

堂内にすつくと立てる毘沙門天　剣のあたりの空気は緊まる

花ぐもりといふには曇り過ぎてゐる街並ぬけて街並に入る

わづかづつ日あしのびきて縁側の植物群のみどりを濃くす

眠らうとする目の奥に棲みつきてなかなか消えぬフォンタナの赤

草をぬく

秋の陽のなかに羽づくろひをする野鳩平安といふは音たてぬもの

背の高さと偉さとはかかはりのなけれども高飛車に出るわが十五歳

経を書くを忘れて耳を失ひし芳一のごと聞かずありたし

妄想にしばらくあそび立ちあがり掃除機の音高く響かす

道のうへに道のかたちの空がありその空のもと人間がゆく

舞ひおりてくるとき鳩はブレーキを踏むかのやうに趾《あし》をふんばる

そこのところをどうにかしてと頼みこむどうにかなるまでひたすら頼む

草をぬく姿見えしがしばらくし植木鋏の響《な》る音きこゆ

金木犀のかをり匂へり隣りあふ庭の繁みをつたひきたりて

もの言はぬ木賊《とくさ》が地下茎を伸ばしゆきやがて花壇の土を乗つ取る

用心棒に丁度よしとぞ鬼やらひ今年はせぬと子の言ひはれり

血管のやうにひしめく冬の枝さゐさゐと鳴る野ずゑの風に

李朝の壺

うち深くたたへる闇をさらけ出すことなどなきや李朝の壺は

今をさかりと咲く石蕗《つはぶき》の黄の群れに吸ひ寄せらるる花あぶいくつ

足を垂れて蜂は飛びゆく　どこまでも力をぬきて生きよとごとく

草蜉蝣《くさかげろふ》の卵を優曇華《うどんげ》の花といひてこはごはと見しはをさなかりし日

覚めゐてもきしきしきしと歯ぎしりをした
くなることが現《うつつ》にはある

真ふたつに切りておきたる玉葱が中心部よ
りせりあがりくる

めくら滅法に生きゆくやうな日々のなかあ
やまたず咲く季節の花は

海と椿

汽水なる湖はいづれか五つなる湖眺めをり
卯月朔日

石段の二段目に立ち見る海の海の面《おもて》に波頭
たつ

常神《つねかみ》村、御子《みこ》村、小川村を越えてきて遊子《いうし》、
塩坂越《しやくし》の村にし至る

寛文元年行方久兵衛が開削《ひら》きたる水路がひ
かる無月の闇に

往環を下りてみるに人家なるなかに茅葺の
舟小屋のあり

雲ふたつ

見あげたる桜花は桜いろならず薄墨色にて
鬱《うつ》を太らす

ちちんぷいと言ひても何も変はらない　桜
はいつのまに葉桜となる

教会のうへに並ぶに雲ふたつアダムとイブ
に見えてゐるなり

桃も李《すもも》も桃色に咲く畑道その濃淡を呼応さ
せつつ

さびしくはないのかさびしくありません
地《つち》の表《おもて》をおほふ紫雲英田《げんげだ》

「の」の字の薇《ぜんまい》「す」の字の菫《すみれ》の咲くころか
庭にも出でずこもりゐる日々

不動明王の脇侍《わきじ》の矜羯羅《こんがら》童子にきく　永遠《とは》
に脇侍のままでよいのか

山茶花の紅き花びら冥府へと流れてゆけり
ひかりひきつつ

空き瓶は空き瓶のまま年を越す塀の近くに
立てかけられて

大粒の葡萄を凍らせブドロンと名をつけし
子も離れて久し

海かぜ

大沢桜河津桜もまだ咲かず咲かざるうちの
落ちつきがよし

岩科川《いはしな》に沿ひてとびゆく鷺一羽一羽のまま
に高く飛びゆく

養蚕の道具のひとつぶつつけ石に怒りぶつ
けて働きしひと

枯れ枯れのすすき穂を狐の尾のやうにわつ
さわつさと揺らす海かぜ

漬物石のごときがごろんごろんと列《なら》ぶ浜この石は一体どこから来たのか

三寒四温のけふは四温かどこそこの畑に種を蒔く音がする

デ・キリコの時間

獅子唐の星形の花をいつくしむ生まれかはりの父と思ひて

太陽は父、月は母といふ譬へあれど根の国の父は月とし思ふ

宮沢賢治の童話のなかより吹きてくる風ありどどど樫の木鳴らす

一夜茸《ひとよたけ》ランプは終《つひ》に人間にはならないけれどその身かがやく

デ・キリコの時間のなかに迷ひこみ見知らぬ国の道を歩めり

倶に天を戴くもいやといふふたり今日は会議に火花を散らす

いつまでも堂々めぐりを繰り返す会議にゆるく煙もめぐる

猫にても思ひの深き顔をする疲労困憊《こんぱい》のひと無表情

竹藪にじやくじやくじやじやんと鳴くゆゑか雀といふ字をじやくと読ますは

何のために立ちしかを忘れ他のことをひとつ成し遂げふたたび坐る

毬《まり》のごとく弾みて階段をのぼりゆく若さといふは跳ねるものらし

赤き卵に滋養があるといふは本当か白き卵をわが愛用す

使ひ残しのペコロス二つひとつには濃き緑なる芽が伸びてきつ

しんじゆく

新宿を平仮名に書けばしんじゆくこのごろ信じゆくことは少なし

庭に棲む蟇《ひき》に同意を求めたくなるくらゐ人は頼みがたしも

これ以上この世にとどまることなしとほほほは白き芍薬は散る

娶ることを忘れて動物に執したるシートンほどの一途さにあり

おほかたは忘れてしまひしフランス語胡瓜《コンコンブル》と人形《プッペ》が残る

黄の蝶をわが眼に追ふに忘れもの取りにもどれるやうに近づく

しづかなる午後のひととき聞こえくる休まず遅れず働かずといふ声

街路樹の影のひとときは濃くなりて影より影へ急ぎゆく脚《あし》

ローマの叙事詩アエネイスにもないやうな事件ばかりの国に呼吸す

黄と緑のだんだら縞の縞へびに聞いてみようか地獄の門を

忙しき側に生きゐる日常を弱者といふか否かわからず

木の間より木の間に飛べる鳩一羽人間のやうに愚痴をこぼさず

風の音を聴き澄ましゐるわが猫の三角の耳をりをり動く

個性なきはゆで卵のやうと言ひ残し去りたる人としばらくあはず

こまぎれの時間のなかに生かされて時間の谷をすべりおりゆく

アメフラシ、ナメクジウヲを図鑑にて閲《けみ》してゆくに前者が面白し

咲き闌けて長く撓《しな》へる萩の枝によびもどされる過去の時間も

渦をなせるふかき緑の木曽路ゆくわれも樹ならば　樹にてありたし

山の斜面の湿り気のある土のうへ合歓《ねむ》の木に合歓《ねむ》の花が咲きゐる

上昇気流に乗りてとびゆく火の粉にすがれるものならすがりてもみよ

思はざるかたちにほどけゆく雲を目に追ひゐるに日は傾けり

徹底的に無視することもエネルギーの要る
ことなりといま気づきたり

東欧の旅

戦利品の大砲を鋳直《いなほ》して造りたる鐘の音ひ
びくシュテファン広場

聖堂の円天井の唐草模様《アラベスク》枯れることなく壁
にひろがる

ポツダムの町へとつづく一本の道の涯《はて》なる
ポツダム広場

マルチン・ルターの胸像のある一面の瓦礫
の山は瓦礫のままに

戦ひの愚《ぐ》を何よりも雄弁に説きあかしゐる
瓦礫の山は

ヨーゼフ広場のヨーゼフ二世の騎馬像の足
音を聞く幻に聞く

攻め登りてゲレルトの丘より見たるものは
満天の星か女《をみな》の貌か

ハンガリーの名物料理のグヤーシを辛《から》きごつた煮と記憶しておく

レストランはもと弾薬庫　戦争をよくよく知らぬわれは食事す

みづからの髪の重さに悩みたるエリザベートもここに眠れる

八月の八日をカレル橋わたる　地球より足を踏みはづすなく

また伸びてくる

嘆いてゐても仕方なけれどとりあへず嘆くことにて生命を感ず

一日は鳥がとぶごとく過ぎてゆく　一週間は風吹くごとく

苦しみを越えたところに見えてくるものなどあらずまた立ちどまる

弱きところつぎつぎ突きてくることば　ことばは刃《やいば》の様相呈す

抜けどむしれどまた伸びてくる雑草のやう
なるものとたたかひてゐる

雲形定規

直植《ぢかう》ゑにすればほどなく野生化を遂げて斑《ふ》
入《いり》の斑もなくなりぬ

仕事なら仕事らしさを追求す　らしくとい
ふはどんな化物

若きらに頑張れ努めよといひながら翼をた
たむ己に出会ふ

むらさきの花咲く頃によきことのあれと祈
れり竜胆《りんだう》・桔梗《ききやう》

紫紺なる葡萄一粒てのひらにのせて宇宙を
はかりてゐたり

わが丈をこえて高処《たかど》に太りゆく花梨は暑さ
を食べつつ太る

蝶は蝶の影をひきつつ飛んでゆく　この景
色まへに見たかもしれぬ

片道の切符ももたず出発す芭蕉のやうに李
白のやうに

鸚鵡《あうむ》の鸚《あう》と鸚哥《いんこ》の鸚《いん》は同じだからやつぱり
ルビは振ることにする

とても無理と思つてゐると無理になるでき
ると思へばできると思ふ

ゐのころ草そよぐ道の辺《へ》しづかなる時間の
なかにわれを見出だす

ゐのころ草ひとつ抜かんと足を止《と》め八本抜
きて持ちて帰りぬ

間《ま》なく雨が降りますよとて鳴く尾長じえー
じえーとあはてふためく

生と死とのあはひを悠然と浮かぶ雲　雲の
向うに真実はある

雲形定規をつかへど描けぬ今日の雲もつく
もつくと盛り上がりゆく

月よみの光といふにふさはしき光が夜々に
あぢさゐ照らす

あぢさゐの暗がりのなか雨のなかもう一度
あひたき魂《たましひ》を呼ぶ

東洋の竹をフィラメントに使ひたるエジソンと竹のいかなる出会ひ

蚰蜒《げじげじ》の前世は何ものか考へる　草むしりつつ考へてゐる

簾《すだれ》ごしの光のあはさ優しさにあこがれつづけしブルーノ・タウト

冷蔵庫の卵がだんだん減るやうに人は冥府に近づくならん

あとがき

『鶸に来る鳥』（一九八七年刊）に続く第二歌集である。この歌集には、一九八七年二月から一九九五年八月までの作品二八九首を収めた。この八年ほどの間に、私の身辺にもいくつかのことが起こった。一九八九年には、病んでいた父を亡くした。また、三十三年間所属していた「形成」が終刊されたあと、外塚喬が創刊した「朔日」の編集実務を担当するなど、前にも増して多忙になったことは、否めない。

歌集名の『雲の歌』には、それほど特別の意味があるわけではない。ただ、雲の、何ものにもとらわれない自由さに惹かれたことと、さまざまな表情が、最近特におもしろいと思うからである。時には、現世と来世のあいだに漂っているもののようで、彼岸の人にも、簡単に会うことができそうな気持ちにさせてくれたりもする。ともかくも、多忙な毎日の清涼剤のような存在が、今の私にとっての雲なのである。

創刊されてまだ、一年半ほどの「朔日」であるが、今後とも「朔日」の仲間とともに、常に新しいものを求めつつ頑張っていきたいと思っている。

歌集刊行にあたっては、前歌集同様、短歌新聞社の石黒清介氏にお世話になった。記して厚く御礼申し上げる次第である。

一九九五年九月九日

宮本永子

自撰歌集『青つばき』（抄）

影ふみ

入口はきつと出口になるだらう円をゑがきてまはる観覧車

洋梨のかたちの雲と思ふうちみるみる人魚にかたちを変へる

異界よりたれかたづねて来さうなりしとしと雨の降りつのる音

くもり日の庭のうちなる紅さうびうづまきながら不安たちのぼる

白秋忌近づきてくる晩秋の黄金《きん》の鎧のやうな夕焼け

嵌め殺しといふ恐ろしき名の窓の修理されれば光がとどく

門がまへのなかに音のある〈闇〉の文字闇にかくれる音をさがさむ

気の毒なざしきわらしか掃除機の筒つぽのなかにみな吸はれゆく

近づけるポストはぱくりとわが影を食べてふたたび正座にもどる

人をらぬ暗い部屋のうちファックスは不平
不満を吐きつづけゐる

携帯電話をもたない自由もつ自由この世の
自由は所詮不自由

高層に住みしことなきわがひと世つちにあ
ふるる蟋蟀のこゑ

月の夜は影ふみしたし移動する影と影との
間《あはひ》には鬼

春天来了

楊柳《やうりう》と黄瑠璃瓦《わうるりがはら》をぬらしゆく北京の雨はや
はらかく降る

春天来了《シュンティエンライラ》春が来たよと歌ふこゑポプラ並
木の向かうに響く

魔法使ひの箒のやうな箒もて朝の道路を掃
き清めゐつ

綱引きを抜河《かはをぬく》といふこの国に今し日中の競
技始まる

頬を刺す風にさからひ歩むとき五胡《ごこ》十六国の王の髭《ひげ》見ゆ

鉄のにほひ泥のにほひを閉ぢこめて第二号坑しづまりかへる

見えるものも見えないものも見てをらず近衛軍団六千体の兵馬俑

千人千様の顔つき髪型足ごしらへ写実はつひに写実を出でず

始皇帝陵銅製車馬の精緻なる仕事はすべて写実より来る

千の燭《しよく》ともすがごとき玉蘭花《はなこぶし》目にとびこみ来《く》二号坑の外

薄き耳さらに薄くして風を聴く驪山《りざん》の方から吹きくる風を

瓔珞《やうらく》のみが妙に目立てる菩薩像もの言ひたげに頬ふくらます

秘色青磁《ひそくせいじ》のなかに注げど水は水すなほに壺の形にをさまる

北京《ペイジン》の七宝焼の白鵞鳥《しろがてう》みればみるほど母に似てゐる

野ぶだう

おほぞらに鐘あるごとし曇り日のチャイムの音の天よりひびく

むくりむくり零余子《むかご》がふとる天上は白き帆布のやうな曇天

あきらめのよいのは零余子おちるほかなければ目ざす柔《やは》き土の上

樹のかげに時どき消えるきみありて伸びちぢみする落葉の小道

一歳柚子ちひさく灯るはるかなる原子力の火を思はせながら

フェルメールの絵の中にゐる女らに射せる日差しの歌へるごとく

黒胡麻のやうに烏帽子のならびをり「伴大納言絵巻」の場面《シーン》

子ども部屋に置きさられたる色えんぴつ真夜に目ざめてささやき交はす

十二色のなかより選ぶむらさきの色鉛筆にて描く野ぶだう

七時雨《ななしぐれ》といふ山の名に出会ひたり岩手の媼《おうな》の温き歌がら

大草原をもつといふ山《やま》七時雨しぐれのなかに草もみぢする

朴の広葉ふみてゆくなりりんりんと響りだしさうな秋の蒼穹

十一面観世音菩薩の開帳を待ちて鳥鳴くオンバザラ、タラマ、キリク、ソハカ

ほのほは泉

きさらぎの雪に遇ひたり縦からも横からも降る魚沼の雪

魚沼三山神《かみ》に譬へし柊二なりみだるる雪にかがやける峯

陽のもとにただ一枚の雲母紙《きららがみ》なす雪野原墓処より見ゆ

中国に兵なりし日の五ケ年をしみじみと思ふ戦争は悪だ（宮柊二『純黄』）

沈黙の墓なりされど聞こえくる柊二のことば戦争は悪だ

集落の重なれる屋根ため息は白き雪としなりて降りつむ

如月の雪のゆふぐれ見えるもの見えぬものにもすんすん積もる

雪の舞ふ魚野川ぞひ行き行くに瀬の音を聞くまぼろしに聞く

藤棚のある柊二宅をたづねたるわが若き日のよみがへりくる

雁木《がんぎ》づくりの軒を借りつつ街をゆくみぞれまじりの雪ふるなかを

生家なる丸末書店の火明《ほあ》かりをまぶしみてをり通りすがりに

しんこ細工の豊年鳩《ほうねんばと》もうたひだす八幡宮のもみぢの枝に

米どころの越後魚沼産の酒下戸《げこ》なるわれの呑む雪中梅

内心深く光をもたな生き死にの人の命はかそかなりけり（宮柊二『群鶏』以前）

内心《うち》深く光をもたなと詠みましし心おもひて囲炉裏にむかふ

反故《ほご》を焼く煙にこのごろ遇はざれば囲炉裏のほのほは泉のごとし

囲炉裏火は饒舌に燃ゆ明治の火、大正の火をつづりながらに

何もかも

この窓の向からの世界ひだりから右へゆくとき雲は語らず

四人にて最大なりしわが家族四人のころの椅子がまだある

おほ空は覗色《のぞきいろ》なりそのむかし父が愛でにし高麗青磁

わがうちの嚢《ふくろ》はとうにしづまりて銀のうろこにおほはれてゆく

樹心《じゆしん》とは木の芯の謂《いひ》こころ根のまつすぐなればまつすぐに立つ

年経るにつれて似てくる何もかもわたしのなかに母が住みつく

鬱の字のうつたうしさよ画《くわく》ごとの冥きすきまに落ちこみてゆく

すこしづつ風つよくなる昼さがりこをろこをろと塩かきまはす

切手のすみに流れつづける那智滝まだまだまだと叫びつづける

若々しいが苦々しいに見えてくるこんな夜更けは月を見にゆく

鍵穴に鍵をさすとき背《せな》に降る月の光のほのかにかをる

わたくしに届けられたるふたり子の風つよき日は寝顔をおもふ

寂しいから旅をするのか旅をするから寂しくなるのか渡り鳥ゆく

夢にさへ力みてゐたる右の手が檸檬のやうに冷えて醒めたり

魚のかたちの

聲の字に耳あれど聞かぬひともゐき昔むかしのわが教室に

潮盈珠《しほみちのたま》のしわざに満ちてくる潮の音いつか夢とまじらふ

百合鷗ふくらみて浮くみづのうへ在原業平《むかしをとこ》の目線にて見つ

百葉箱のなかを一度も覗かねば不思議の箱のままに旧《ふ》りゆく

白なればその凹凸の目にたてる百葉箱も飛ぶことがある

時間とは滴るものか絵のなかの滝のしぶきは画布をはみだす

混沌を呑みほすほどの力なく雲ながれゆく魚《うを》のかたちの

空のうへに駅あるごとし折ふしを宙にとどまる雲雀のこゑは

刃物屋に刃物をためすこんなにも切れる刃物でなにを切るのか

円形の甕なれば円く泳ぎゐる金魚のやうにはなかなかなれぬ

篁《たかむら》に竹の皮ぬぐ音すなり一生《ひとよ》和服に過ごしたる母

灯ともしてめぐれる空の観覧車いつまで待つても帰りこぬ死者

どうしても踏めない活字　ことばには霊がやどると言ひたりし父

めだか飼ひてあさがほ植ゑず晩年とはいつも遠くにありて輝く

当てずつぽうに枝のばしたる百日紅《さるすべり》力めば力むほど形をなさず

鼓楼《ころう》なる破れ太鼓をおもへれば音をいださぬ生き方もある

憧れのやうにたたなづく比良山系ちかづくにふいに消えてなくなる

戦車の果てに太郎雲わく

傘さして歩むに傘を押さへくる力あり権力といふ目に見えぬもの

受付にて揃ひの徽章《バッジ》をわたされて胸につけよとしづかに言はる

影の色の戦車いくつも並びをり兄のおもち
やはブリキだつたが

いちまいの切り絵のごとくひらひらす芝生
のうへの三式甲戦車

戦ひを好むにんげん勝つための戦車はつぎ
つぎ開発されて

見せるためのみに飾られてある戦車火砲《くわはう》の
筒は何を見てゐる

どこまでも続くフェンスのその向から戦車
の果てに太郎雲*わく

*太郎雲は積乱雲のこと

戦車群ならべる広場のひと隅に遺影のなら
ぶ建物がある

入口に立てる五十六《いそろく》*元帥像逆光《ぎやくくわう》なればそ
の顔みえず

*山本五十六

入口に人影あらず響くのは撮影と模写を禁
止するこゑ

〈脱帽してお入り下さい〉の黒き文字みたる
に次つぎに帽子をとる手

なめらかな歩みをとめる杙《くひ》のごとひとつひ
とつの遺品が並ぶ

雄翔館に遺影ありても鎮まらぬ山田祥平二
十一歳

黄ばみたる写真の中のひとりひとりまだ生
きたしとその口が言ふ

煮詰めたら塩の残らむ水のごと苦きおもひ
のままに逝きしか

遺書といふ足あと残しし少年兵オクニノタ
メといふ文字が哭《な》く

たたみ皺ばかりが目立つ日の丸の白きとこ
ろに寄せ書きがある

銅像にされたる人はそののちをずつと立つ
たまま過ごすのだらう

帆引船《ほびきぶね》ののどかに浮かぶみづうみの畔《ほとり》にあ
りき軍都土浦

大きすぎて端まで見えぬ霞ヶ浦　空にみづ
あり水に空あり

道のへのひるがほの花戦《いくさ》なきこの世にしづ
かなる光をこぼす

見送る椿

生きてあらば坐れるはずの椅子に寄るすこ
し温とき革張りの椅子

きみが母のいのちのあらぬ郷《さと》にきてあをく
澄みたる山をし仰ぐ

さまよへる母のみ霊とおもふまで巴波川《うづま》の
川の葭のなびける

鯉魚のみが浮かぶ掘割ひとひとり消えたる
あとの空白の量《かさ》

霜月のある日この世の門《もん》を出で旅ゆくひと
を見送る椿

らふそくが揺れるそのたびほほゑめる遺影
がすこしわれに近づく

音のなき柏手《かしはで》をきく死者の耳　二礼二拍手
にれいにはくしゆ

人のかたちもうすぐなくなる御棺《みひつぎ》に魂魄の
みがにほひてゐるも

花の終はればつぎつぎに伐る梅のえだ天心
の月に近づかむため

ひたつちにしづまる椿うそうそと生きゆく
ひとに遇ふこともなく

桜から見たならわれは小さきかふはり身じ
ろぐおほぞらの雲

日本絵地図

月光を音として聴くをりをりに椿の黒き葉
の群れひかる

ひとすぢの闇がかくれてゐる壺を手わたし
てのち人は逝きたる

休止符になかなか会へぬわが楽譜くろ塗り
にする夢のなかでは

もみがらを燻《いぶ》すがごとくゆつくりと話しだ
したり話せばわかる

宣長が十三歳にてゑがきたる琉球のなき〈日《にっ》
本《ぽん》絵地図〉

冷蔵庫のたまごひとつもなくなればわたし
が生むとおもふ一瞬

メビウスの輪なるスプーンを握りしめもの食べてゐし小さなむすこ

すこしづつ痩せゆくばかりのジャコメッティ秋の時雨のその細さまで

病床に子規の描きたる秋海棠あきの陽をあぶ茎あかくして

一文字にとぶ鳥いくつすれ違ふたびに聞こゆる金属音が

ぬれそぼつ草生に入りて出でてこぬ浅《あさ》黄斑《ぎまだら》のやはらかき翅《はね》

去年《こぞ》の死者ひとりふたりと浮かぶ闇　手をのばしゐる十二神将

きみの母の一周忌がくる　震災にあはざりしことせめてもの燦《さん》

とぶ鳥の

秋の日はがらんとしづか観音の手の平にあるまなこのやうに

真四角の窓といふ窓きらめくにエゴン・シ
ーレの絵の不安めく

こころにはまだわだかまり残れるを羊の雲
のほどけゆくなり

ゆるらかな上り下りのある道を浮きしづみ
する心にあゆむ

一瞥《いちべつ》ののちに無視する鴉ゐてわたしはわた
しと飛びて往《い》にける

西洋菩提樹《リンデンバウム》の葉かげなつかしベルリンの壁
のかけらを手にのせるとき

ひととせを黙りこくつてゐたるゆゑ一気に
咲かす昭和侘助

とぶ鳥の飛鳥大仏うつむきて杏のまなこに
列島うれふ

大皿をいちまい割りぬ闕《か》けたことに気づか
ぬ皿の唐子人形

ほの白きさざんくわ闇に目をひらき見つめ
つづける原子炉の火を

楷、行、草、はては狂草に対するに書はひ
びきくる双つの耳に

——黄庭堅　草書諸上座帖巻

神楽鈴《かぐらすず》のやうなる桐のはな枯れてだあれも
ゐない銀紙の空

歌論・エッセイ

短歌否定論への積極的な姿勢

——「八雲」時代の木俣修

「八雲」は一九四六年（昭21）十二月、八雲書店から発行された短歌総合雑誌である。編集人は久保田正文、木俣修は編集顧問であった。戦後の出版用紙の危機により合併号、減頁を余儀なくされながらも「八雲」（B5判平均五十頁）は、一九四八年（昭23）三月の終刊までの一年三か月に十四冊を刊行。歌壇以外の執筆者も多く迎えることで、当時の短歌否定論をめぐる議論の場として、日本文化における短歌を問い直す気運を盛り上げた。

「八雲」において、修は八面六臂の活躍をしている。二つの座談会（「短歌の運命について」「短詩型文学の批評に応う」）、土岐善麿との対談「短歌の青春時代」を始め「憲吉と白秋」など五篇の評論を発表した。

一九四七年一月号所載の座談会「短歌の運命について」は、五島茂と臼井吉見、岡野直七郎と中野好夫の論争により、その後長い間話題になった。修は、この座談会についての感想を「彼等（批評家）のいひ分を素直に承認することによつてそこからわれわれの問題解決のいとぐちを見出し、そこに再出発の拠点をおかなければならない」（「短歌滅亡論をめぐって」「日本短歌」一九四七年十二月号）と述べている。

一方、作品は「冬暦」など計百五十首が「八雲」に発表されている。この「冬暦」五十首を中核として、歌集『冬暦』が編まれたことは言うまでもない。

無尽数《むじんず》のなやみのなかにあがくさへけふのつ
たなきわれが生きざま

無為のごと黙《つぐ》みてのみにけふありて明日さへ
ひらくおもひともなし

白《しら》髪薄《がすすき》夕日に燃ゆる荘厳を息つめてみつつす
べもあらめや

「冬暦」五十首の冒頭作品。「新時代を予告する作家の五十首詠」（久保田正文「八雲」創刊号後記）という言挙げのなかで、発表されたものである。戦争に翻弄されてきた自身を見つめ直したこれらの作品には、気負いとともに絶望、懐疑、逡巡、困惑、苦悶などが入り交じっている。内面を率直に歌うことで、魂を浄めようとしているようだ。修自身も「歌は作家の肉体と生活とから生み出して行く他ないもの」（「八雲」5号／座談会「短詩型文学の批評に応う」）「きびしい現実との対決なくして歌を生かして行く道はないだらう。そしてその対決にまで自らを駆り立てるべき主体の確立なくして歌人といふものはもう成りたたないであらう」（『冬暦』巻後小記）という発言をしている。これらの作品は前記の言葉を実証させたものと言えよう。矢代東村は「八雲」一九四七年（昭22）2、3号の「木俣修論——新作『冬暦』を中心として」で「如何にも白秋的でありながら、既にそれは師風を超えたもの」と述べている。

いづくよりともなく来る水は灰燼にしみわたりゆき音さへもなし

ひげ白きFortune-tellerに歩み寄れる進駐軍はなにきくらむか

富籤を買ふひとの長き列が占めて午前九時すぎの霜どけの道

これらは外部（社会）に目を向けた作品である。一首目には、混乱の時代にも真摯に生きようとする姿勢としみじみとした心情が流れている。特に初句二句の「いづくよりとも／なく来る水は」の句割れの手法が、低い響きとして一首を貫き、重々しくやりきれない雰囲気を高めている。二、三首目は、当時の時代背景を映したスナップであり、時代を経てみると貴重な記録でもある。

まぶしきまで黄のセーターはかがやきてカメラの前に佇つ幼子よ

幼子は鮭のはらごのひと粒をまなこつむりて呑みくだしたり

外部〈社会情勢〉も内部〈精神性〉も緊張感に満ちた重苦しいものであったが、修は一九四八年〈昭23〉七月に刊行された『冬暦』の巻後小記に「つねに眼は明るい方向に据ゑて来たのである」と記しているように、これらの歌は緊張感から解かれてほっとする世界である。カメラの前に立つ幼子、鮭の卵を呑みくだす幼子の歌。ともに一瞬に生命の輝きを凝縮させた作品である。

「八雲」の活動期間は「多磨」〈一九三五〈昭10〉年〜一九五二〈昭27〉年〉と重なるが、「八雲」における木俣修の峻烈な闘いは貴重なものである。戦後の混乱した時代に、批判の的となった短詩型文学のひとりの騎手として、短歌実作をもって応えた情熱を永遠に忘れてはならない。〈作品はすべて「八雲」創刊号／「冬暦」より〉

〈「短歌」二〇〇六年四月号〉

白秋と修の色彩の歌
——青春三歌集を読む

「短歌は一箇の小さい緑の古宝玉である」〈「桐の花とカステラ」〉と言った北原白秋の歌集『桐の花』は色彩の宝庫である。ちなみに色を拾ってみても、赤八一首、青三〇首、白二六首、黄二〇首、黒一三首、紫八首、銀三首などがあり、色彩のある歌をあわせると収載歌の四〇％にも及ぶ。

白秋の『桐の花』を開くと、宝石箱をひっくり返したようにカラフルで明るい雰囲気がただよう。筑後柳河〈柳川〉という南国的な風土に育まれた生来のものなのか、白秋自身の美的感覚によるものか、『桐の花』と同年代〈二〇代〉の作品が収められている修の歌集『市路の果』、『みちのく』の色彩の歌と比較して検証してみたい。

『市路の果』には、白一〇首、青六首、赤四首、黒二首、黄一首。『みちのく』には、白三一首、赤一三首、青九首、黒六首、黄五首の歌がある。修の場合は、二〇歳代の両歌集とも色の名を含む歌は一六～一七％で白秋の半分にも満たない。それはそれとして、つぎに色別に白秋と修の歌を繙いてみよう。

春の鳥な鳴きそ鳴きそあかあかと外《と》の面《も》の草に日の入る夕

草わかば色鉛筆の赤き粉のちるがいとしく寝《ね》て削るなり　『桐の花』

しづごころたもちがたかる日の暮は紅き桜果《チェリー》を食べに来にけり

ゼラニウムあか紅《あか》と花の咲く苑《その》に夏期大学の午《ひる》の電鈴《ベル》鳴る　『みちのく』

『桐の花』巻頭の「春の鳥～」の歌は「銀笛哀慕調」と題され、端《はな》から浪漫的な雰囲気を湛えている。「な鳴きそ鳴きそ」や「あかあかと」というリフレインの響きに、震えるような青春の心が表れている。滲むような夕日の赤い色と、無心に鳴く小鳥の声を綯いまぜにした立体的な組み立て方である。二首目、「草わかば」の緑と「色鉛筆の赤き粉」の赤は、互いに補色関係にあり、両者の対比には強い個性がある。「草わかば」の色は、『桐の花』のエッセイに「葱色の草わかば・草わかばの淡緑」とある。また「赤き粉のちるがいとしく」には、青春の一瞬を愛惜する気持ちがよくでている。

修の一首目。晴れやらぬ魂を抱く青春時代、己を覗くように「紅き桜果《チェリー》」と向きあう。小さくても命の限りに艶めく「紅き桜果《チェリー》」の生命感に対峙して、揺らぎやすい心情を沈静させる。「食べに（行きたり）」ではなく「食べに来にけり」としたことにより、臨場感を高めた。寂寥感に塞ぐ己を燃焼させるのには、赤がもっとも相応《ふさ》うのである。『みちのく』の色の歌は、六七％が夜であるが、二首目は珍しく昼の歌。大学構内の静けさと、ゼラニウムの緋色の対比が効いている。実体験を通して、真夏の一瞬を鋭利な刃物で切りとったような歌である。

手にとれば桐の反射の薄青き新聞紙こそ泣かまほしけれ
ゆくりなくかかるなげきをきくものか月蒼ざめて西よりのぼる　『桐の花』
ま夜なかの青き妖気に身を冷えて慕へばとほき遠き楽の音　『市路の果』

薄青い新聞紙に感応するのは、若い心である。蒼ざめているのは月というよりも、少年の心情であろう。二首とも白秋の目指したデリケートな感覚的な世界である。それに比して、修の青は「青葉、青萱、青き氷」など一首の中の小道具的な働きをしているものが多い。「青き妖気」などという捉えかたは、修としては、例外的である。すぐ前にも「わが部屋の壁にひろがるうす青き妖気を吸ひてねむる夜々《よひよひ》」とあり、白秋の影響が色濃く出ていると言えよう。

廃れたる園に踏み入りたんぽぽの白きを踏めば春たけにける　『桐の花』
白き手帖にきみがアドレスをメモしつつこのわが胸のなにゆゑさやぐ　『市路の果』

一首目は柳河での歌。「白き」は〈花〉か〈穂絮〉が省略された形である。今まで〈穂絮〉と解されたものが多いが、白花のたんぽぽは四国、九州に多いというから〈花〉の省略とも考えることができる。『桐の花』には、他に「縫針の娘たれかれおとなしくロンドンの花を踏みて帰るも」（＊松葉牡丹の柳河語）などがある。この歌は「廃れたる園」と「白」とがよく共鳴して、モノクロの世界がきわだつ。無彩色であるからこその陰影もある。
白も黒も邪魔にならない色だが、逆に主張が強い色とも言える。「白き手帖」は恋ごころの匂う一首の中で大きな役割をもつ。白いページに「きみ」と「われ」との物語が書き込まれてゆく。初々しい未知の世界を象徴する「白」である。二〇代歌集において、白秋に多いのは「赤」であるが、修の二歌集とも

「白」が首位である。修の「白」は時雨、月、ゆげ、手帖、皿、手、犬、日ざし、辛夷の花、猫、牡蠣殻、障子紙など身近な生活の匂いのするものが多い。

病める児はハモニカを吹き夜に入りぬもろこし畑《ばた》の黄なる月の出
食堂の黄なる硝子をさしのぞく山羊の眼のごと秋はなつかし　『桐の花』
学寮の春夜の灯かげ黄にすみてをとめの祈禱《いのり》しづかにきこゆ　『市路の果』
黄の榠櫨卓《つくゑ》におきて咽喉《のみど》病む冬のひと日のこころ鋭し　『みちのく』

「病める子」のハモニカの音色の背景として、唐黍の黄の粒のイメージと月の色をおく。視覚と聴覚が微妙に交錯した歌。二首目は、初句から第四句までが譬喩である。〈山羊の眼のように秋の季節はなつかしい〉という眼目を下句に置き、〈食堂の黄色いガラスをのぞいている〉という長い導入部が付く。「眼」にピントをあてることで、山羊の人なつこさが倍加する。「黄なる硝子」は、色ガラスか秋の夕暮れの日差しの反射によるものか、不明である。同歌集のエッセイ「昼の思」に、「日の光はヴェニス模様の色硝子を透かして」とあるから、当時流行した着色ガラスとも考えられる。

修の一首目は、学生寮の夜の明かりのなかに静かな祈りの声を配して、透明感を際立たせる。この歌も目と耳の双方から捉えている。二首目は、榠櫨と〈われ〉だけがこの世にいるような孤独感である。

黄色は希望、快活、光明などをイメージさせる。白秋の『東京景物詩』には「黄色い春」という詩もある。歌においても白秋の黄色はどこか、陽気で童画のような手ざわりをもつ。修の黄色は透明感があり、外に向かって膨張するというよりも、内に向かって収斂するような感じを与える。

かくまでも黒くかなしき色やあるわが思ふひとの春のまなざし

人知れず忍ぶ心は烏羽玉《ぬばたま》の黒き夜のごとかがやきいでぬ　『桐の花』

行春《ゆくはる》をかなしみあへず若きらは黒き帽子を空に投げあぐ

かりそめに汝《な》が黒髪に触るるさへたそがれどきのこころをののく　『みちのく』

「わが思ふひと」の「春のまなざし」への讃歌である。第三句を「色やある」と反語にしたことと、下の句の体言止めにより、強い印象を与える。「春のまなざし」の「黒くかなしき色」だけを単純化して歌うことにより、陰影を深くしている。特に「かなし」にこめられた悲哀とも愛憐ともつかぬ深い思いが印象的である。有無を言わせぬ青春のひとこまの存在感のある歌。

　二首目。忍びあう恋の苦しさを「かがやきいでぬ」の一語で、表した。「烏羽玉《ぬばたま》の黒き夜のごと」とだけ言い、余計なことを言わないところが、却って読み手に深い苦しみを伝える。「烏羽玉《ぬばたま》の」は枕詞だが「射干玉の」の用字よりも烏という生き物のイメージが付加されてこの場合しっくりする。この歌の「黒」は「夜」というだけでなく、忍ぶ心のかたまりのように重い役を果たす。

　あとの二首は仙台で教師をしていた頃の歌。学生たちとは、四、五歳しか齢の差はなく、修は学生たちと共感している。「若きら」は、茫々と暮れてゆく春にとっぷりと浸りながら、自身を見失いそうになる。その時、まるで己の存在を誇示するかのように、黒い学生帽を力いっぱい空に投げあげる。晩春の茫とした自然と、青春の捉えどころのない心情を背景として「黒き帽子」の「黒」という色が一首のなかで突出する。二首目は、ふとしたことで髪に触れても、心に強い衝撃が走るような青春ならではの歌。

　白秋の歌における〈黒〉は、内面に深く沈んでいる黒いかたまりを予告もなく感覚的につかみ出したようである。それに対して修の歌における〈黒〉は、現実の風景の中に組み込まれた〈黒〉である。

ヒヤシンス薄紫に咲きにけりはじめて心顫ひそめし日　　『桐の花』

古来、高貴な色とされる紫は『市路の果』『みちのく』には、一首も見あたらない。この色は白秋好みと言うべきだろうか。白秋の紫色は上記のほか、水路に映る燈火、日傘などが登場する。それらはみな、柳川の水陽炎のように儚いもの、ほのかなもの、あるかなきかに見えるものを形容している。つねに現実と非現実の間に詩を見いだした白秋らしさがここにはある。

「ヒヤシンス」は、反りかえった花弁が総状に花をつける華やかで繊細な感じを与える。囁くようなサ行音と「ヒヤシンス～ハジメテ～フルヒソメシヒ」と、頼りない響きのハ行音を多用してそよぎやすい少年の恋ごころを表している。薄紫というあえかな色を選び、一首は屹立した。「はじめて心顫ひそめし日」が薄紫の「ヒヤシンス」の花に吸い込まれるようであり、上の句と下の句がいつまでも共鳴しあい広がりを見せる。

水郷柳河に育まれた白秋と、琵琶湖近くの永源寺町に育まれた修の性向の相違が、色彩感に反映していることが実感として捉えられた。「桐の花とカステラ」で「デリケエトな素朴でソフトな官能の余韻」と述べているように、気分を第一義とした白秋と、あくまでも実生活の上に立ち、人間的な詠嘆を主とした歌を提示しようとした修のおのずからなる相違と言えよう。

（「朔日」１４８号、二〇〇六年四月号）

木俣修の鳥の歌

清少納言は『枕草子』の「鳥は」の段で鶯と郭公《ほととぎす》を礼賛しているが、和歌の世界でも郭公は横綱級の鳥である。修の場合は、白鷺や鳰が印象的だが実際にどのような鳥が詠まれたのか、『木俣修全歌集』にあたってみた。九二〇四首のうち、命のある鳥だけでも三一五首（三、四％）。その内、具体的な鳥の名は四八種類、二四一首に及ぶ。残りの七四首は、小鳥、群鳥など鳥の名が特定されないものである。

最も多いのは鴉（二一首）であり、次に鵜（一九首）、鷺（一六首）、海猫（一五首）、梟（木菟も含めて一四首）と続く。ここでは頻出する鳥を中心にして、述べることにする。

鷺の歌は『みちのく』、『高志』、『流砂』の三冊に集中する。

鷺の群渡りをへたる野の上はただうすうすに青き雪照《ゆきでり》　『高志』

初出は「多磨」創刊号である。特に推奨された一連の「北国浅春調」と題された四〇首の冒頭部の七首にある。この歌の二句目は「多磨」では「渡りをはりし」であった。この場合、やはり「たる」とした方が、たったいま渡り終えたというリアルな感じがする。岩瀬野の冬の白鷺を詠んだ七首は、〈雪原の白、白鷺の白、真日のひかり〉と、まるで白描画である。白秋の提唱した新幽玄体を具現したかのごときこの一連の白眉はやはり、この歌であろう。白一色の一連のなかの「青」は、雪の影の色である。さらに「多磨」創刊に対する修の精神の高揚の象徴のようにも見える。修は『故園の霜　自註』で、「日本画の好画材であろうが、（中略）色のない色を組み合わせて鮮明な形象と色を出すということはまことに難しい（略）」と述べている。まさに、長谷川等伯の

「松林図」を思わせる幽邃な一首である。

百舌の歌は、わずか四首であるが印象深い。青葉城の歌碑の「蔦かづら朱く紅葉づる城跡に百舌《もず》は高鳴く夕さり来れば」(『みちのく』)の歌は四句切れ。他の三首は、二句切れで歯切れよく、キーッ、キイキイと鳴く百舌の鋭い声にふさわしい。

とめどなき父のねむりや今日もまた百舌鳥《もず》のこゑ寒き夕《ゆふべ》となりぬ　『高志』

脳溢血で倒れた父を見舞ったときの歌。百舌の声に「父の生命の危急を知らせるような思い」がしたと『故園の霜　自註』にある。この歌も修の内面と、百舌の鳴き声の交感が喜怒哀楽の感情の語彙を抑えて成功している。淡々とした語り口のなかに却って悲しみがにじみ出ている。

鵜は海岸、湖沼に群棲する鳥である。『歯車』に特に集中して登場する。「鵜の山(知多巡遊途上)」という九首連作のすべてが鵜の歌である。この一連は視覚で捉えたものが多いが、聴覚の混在するものが三首ある。次はその内の一首である。

総立に木をはなれたる鵜の群の羽風の音の空にとよもす　『歯車』

上の句は視覚で捉え、「の」を重ねながら結句に至る。序破急を一首に置き換えたようなスピード感がある歌。「の」のリフレインは、結句に近づくほど強い響きである。大きな鳥の羽音は一羽でも驚くほどだが、総立ちした時はなおさらであろう。この四つもの「の」のリフレインは、白秋の「我やひとり離れ小嶋の椰子の木の月夜の葉ずれ夜もすがら聴く」(『雀の卵』)などを思わせる。この歌は「の」の繰り返しにより、慌しく騒がしく飛び立つ鵜のようすを余すところなく表している。

鴉の歌は九歌集に分散していて、点景の一部になっているものが多い。なかでも印象的なのは、次の歌である。

雪の日を町めざしゆく群鴉からすといへどう
しろはさびし　『愛染無限』

雪の日に町を目指してゆく鴉の一群。雪の白と、黒い鴉の単彩画《モノクローム》である。群鴉を見送っている作者の視野には、鴉のうしろ姿が目に入っている。読者には鴉の後姿と、作者の後姿が一定の距離を置いて見えるという構造である。考えてみると斬新な歌である。群鴉と言いつつ視点を一羽に絞り込んでいて興味深い。

鳥または小鳥（小禽）と詠まれたものが四二首、海鳥など〇〇《なになに》鳥と詠まれたものが二八首、合計七〇首である。

鳥のこゑけだもののこゑも真似しつつ子らを
ねむりにさそふひととき　『落葉の章』

この歌の「鳥」は他の梟の歌からフクロウ科の鳥と推察できる。梟の歌は、青葉木菟などを併せて全歌集に一四首登場する。例えば、「幼子はひとり寝につけり青葉木菟とほき木群に啼きそめしかば」（『落葉の章』）「幼子のゆめにも入れよ夜を徹すわが耳にくる梟のこゑ」（『天に群星』）等がある。

夜行性の鳥だからフクロウ科の鳥の歌は、みな夜の歌である。そして、梟の歌はすべて啼き声の歌である。山地よりも人里近くに棲むことが多い梟、青葉木菟のホーッ、ホーッと淋しげに啼く声に導かれるように寝入った幼子を子煩悩な修は繰り返し詠んでいる。『呼べば谺』にも「カナリヤも深くねむれる子らの部屋夜番のごとく霜夜見まはる」などという歌がある。

鷗の歌は、五歌集に八首出てくる。

水上署の屋根につくづくとゐる鷗音もなく冬
の潮《しほ》はみちくる　『呼べば谺』

修五十歳、名古屋港埠頭での歌。「つくづく」というのは、もの思いに沈む、もの寂しく等の意味である。「鷗」の寂しさを代弁するというよりも、作者の感情移入だろう。この場合、作者と鷗は完全な同一体である。意識して「つくづく」と表現したのではなく、埠頭に立つ作者に電撃的に閃いた語であろう。『高志』の白鷺の連作に対して『互評自註歌集　高志』で吉野秀雄に美意識がいささか強すぎると評されても、修は新しい美意識（白秋の目指した「新幽玄」の世界）によって立ち向かおうという気迫があり屈しなかった。その後、『歯車』の「鵜」の連作（白鷺の歌から十有余年）等を契機として、白鷺の連作から約三十年後の『愛染無限』の「群鴉」の歌への見事な変容が鳥の歌ひとつにも如実に現れているのは興味深い。浪漫精神の香りがする美しい奥行のある短歌を経て、修は内面的な、人間を凝視した自在な作風を樹立したのである。

（「木俣修研究号」二〇一一年二月）

叱られて

久しぶりに木俣先生の直筆原稿を取り出してみた。それはわが家の宝物のひとつで、わたくしにとっては大変思い出深いものである。大学卒業後、勤めていた出版社の企画で、先生の百首をいただきに上がることになった。勇んで伺うと、前半ということで原稿紙三枚分を下さった。当然百首を下さると思い込んでいたので恐縮した。「後は明日だ」と言われ、あっけにとられた。先生などは、材木のなかに埋まっている仁王様を彫り起こしたという運慶のように、たやすく作品を生み出すに違いない。その頃何となくそう思っていたのであった。奥様がお茶を出されながら「ゆうべはほとんど徹夜でした」とおっしゃるのを伺うと催促など到底できなかった。編集長の貌が一瞬浮かんで消えたが、どうすることもできなかった。わたくしは溜息をつきながら帰社した。翌日約束の時間にお訪ねし、後半ならぬ、まん中をいただき、三日目に残りをいただいたという訳である。その時の魂を絞り出したかのような作品が、原稿紙の枡目をはみ出さんばかりに認《したた》められている。「寒茜」と題する一連である。万年筆の力強い筆蹟に、叱咤される思いである。毎日見て暮らせるように、表装を考えたが、万年筆は滲むし、責任が持てぬということで、表具屋にはあっさり断られてしまった。

仲人のお願いにあがったときは「吉野から聞いて知っている。君たち給料はいくらだ。部屋代はいくらだ。やっていけるのか」とまるで本物の父親のように、矢継ぎ早に言われ、それこそ身のちぢむような思いをした。また、ある時は「君たち絶対別れるなよ。ぼくが仲人したなかで別れたのはまだ一組だけなんだよ。解ったな」と励ますとも、叱るともつかぬようなことをおっしゃったりした。

それにしても木俣先生は大変厳しい先生である。歌に対して、学問に対して、ひたぶるのところがあったようだ。中途半端はお嫌いで、人を愛することも、自然を愛することも、みな情熱的であれと解かれた。近代短歌の講義では、白秋や晶子のところで、特に熱が入った。四五十人ほどの教室であったか、なかにあまり熱意のない態度を示す学生がいると容赦はなかった。ものすごい迫力であった。後に教壇に立つようになり、わたくしにも、その時のお気持ちがよく解るようになった。教壇の先生は、まるで、引き絞られた弓矢のような存在であった。またある時、教材のプリントのことで失敗したことがある。発表時のものを頼まれたが、後で手を入れたものの方を刷ってしまったのである。叱りながらも先生は「いいよ、いいよ、却ってこの方が、どのように手を入れたか解って勉強になるよ」と未熟なわたくしを庇って下さった。申し訳なさに涙がこぼれた。今では幽明境を異にする先生であるが、夢に現われてはよく叱られる。いつも厳しい表情で無言である。それは千万言を費やすよりも怖い。目が醒めるといつも汗びっしょりである。

（「短歌現代」一九八六年三月号）

励ましを受けて

――第一歌集刊行の思い出

『藕に来る鳥』を刊行したのは、仕事と子育てに忙しい時期であった。もうしばらく待とうと思っていたが、多くの人々の励ましがあっての刊行であった。木俣修先生亡きあと、お世話になっていた吉野昌夫氏に序文をいただいた。「しおり」をはじめ、装幀もお世話になった沖ななも氏をはじめ、林安一、三井ゆき氏の三氏から心温まる励ましのお言葉をいただいた。

今回改めて読み直すと子どもの歌が多いのに驚いている。

枇杷を食む幼子ふたり上の子が下の子の出す
種子を受けとる

子育ては、このような牧歌的なことだけではなかった。ともかく幼少年期の歌だらけということになる。この歌を、読者の方が急須に彫られて送って下さったのには驚いた。

刻を告ぐるチャイムの鳴れば牛の眼の漂本もちて人は出でゆく
校庭に白きラインを引く人の表情までは見えずなりたり

中野サンプラザでの出版記念会では、玉城徹、吉野昌夫、片山貞美、高瀬一誌氏をはじめ、大西民子氏や「形成」の多くの仲間、外塚が関わっていた「現代短歌を評論する会」の方々をお招きして盛大におこなわれた。
遠い昔のことのようにも思われるが、歌に迷った時などは、一人一人の言葉を思い出しては支えとしている。思い切った出版ではあったが、今となっては懐かしい限りである。

（「朔日」３００号、二〇一八年一二月号）

解説

現実の曖昧に挑む

林　安一

片付かぬ部屋隅におく手もと簞笥買はむと午
後の街に出でゆく

一冊の歌集の中にいくつかの起伏がある。生活の起伏に伴うようにして、歌における探究の手が、ある一つの核に届き、また離れたりする。そこに何かたよりないような、はかないような感じも当然生じるのだが、実はそうした感じこそ、この歌集の、歌集としての信頼性を証すものである。

歌集の最初の高まりには、次のような作品が含まれている。

岩の下また一面に岩はつづくかたみに支へ合
へるがごとく

一面岩ばかりの眺めを詠んでいるのであるが、そこには、単なる風景の写しなどではない、秩序ある一つの世界が顕現している。たとえばセザンヌの「レスタックの岩」などが思い合わされるのである。重要なのは、こうした作品が生み出される一つながりの仕組みである。その基盤には、生活の中から形成された観念がある。生活の具体は芸術にとっては無秩序ながらくたに過ぎないが、そこに一条の光が徹るとき、詩の基盤たる観念が生じる。まさに「ある日ふとわれに啓示を与へたる紫色の鳩の胸なり」といった具合に。そしてどうやら著者に一条の光をもたらすのは多くの場合、美術的な刺激であるらしい。著者にとって絵画や彫刻や文様は、単なる愛好物以上の積極的な意味を荷っているようだ。著者が自意識の淵に落ちこみ、詩的探究の手がかりを失うかに見えたとき、一枚の画が啓示たり得た例は一再ならずである。

山鳩が向かひの屋根に鳴く声を合図のごとく
雨降りはじむ
雪の日の山鳩一羽灰色にゆらぐと見えてたち
まち失せぬ

歌人もまたしばしば感情の人たらざるを得ない。しかし感情的に激するとき、目は盲い耳は聾して、概念を逃れられなくなる。感情の靄を拭う力は詩的探究心の高まりの中にのみ存在する。この山鳩の歌二首の透徹した感じもそこから来ている。

枇杷を食む幼子ふたり上の子が下の子のだす
種子を受けとる

母は常に本能の人である。しかし芸術は本能のたれ流しからは一つも生まれてこない。母にして歌人であるためには、絶えざる緊張が強いられる。この一首など、その緊張の中から生み出された作品の好例である。

野菜屑を埋《うづ》めしあたり踏みゆけば土やはらか
し少ししづめり
片付かぬ部屋隅におく手もと箪笥買はむと午
後の街に出でゆく

歌集はちょうど中頃から転居した新しい家での生活が詠まれている。歌集後半の歌は概ね陰影に富み、味わいが複雑になっている。それは著者が、生活に対して意志的になり、現実の曖昧な部分を曖昧なままにしておかずいよいよ厳しく探究の手をのばしているからである。といって現実はどこまで行っても割り切れるものではない。割り切れないからこそ現実であるといってもよい。まさに「人は人われはわれなりと割り切らむつもりがいつか曖昧となる」といった事態がひっきりなしに出来する。歌人はその都度、新しい現実の曖昧と戦わねばならない。「野菜屑」に挑み「手もと箪笥」と戦う。そこに歌人の喜びがある。そこにしか歌人の喜びはない。

貧困のころのビュッフェの描きたる「目玉焼を焼く男」おもへり
梅花黄蓮《ばいくわわうれん》はキンポウゲ科の多年草山くだりゆく足ともに見つ
譲り受けてあまり使はぬ二連梯子まへの持主は何に使ひし

一首の歌について一つの新しい観念が用意されねばならない、この方法は歌の王道であるが、それゆえ容易な道ではない。

（『黐に来る鳥』栞）

いつくしむ人をいつくしむ

三井ゆき

粟・稗に生まれ変はるといふことのかならずしもさびしきことと思へず

少女の頃から私は小説のヒロイン嫌いである。脇役が好き、とキザなことをいうつもりはないが、小説におけるヒロインがエゴイズムの極地なら、宮本永子さんはその対極にあると考えていい。ヒロイン的な人ははなばなしき自己劇化でその魅力を発揮する。対極にある人はものごとを相対化できる能力が備わっていればいるほど含羞も大きくてとてもそんなことはできない。そこに理性がはたらく。それもまた生れながらに備わっている美質ではないかとおもう。そういったことを宮本さんの作品は感じさせる。

粟・稗に生まれ変はるといふことのかならずしもさびしきことと思へず

こういい切れる強さに驚嘆する。なんとつつましいことか。

神の手といふ大きいてのひらの彫刻を仰ぎたり人の仰ぎしあとに

「人の仰ぎしあとに」のたっぷりとしたゆたかさ。こういったゆたかさを誰もが味わえるものではない。先立って主張するのではない、一歩退いて双手を広げて受け止めることのできる人のみが味わうことのできるゆたかさなのであろう。それがやさしさとなりいつくしみへと転ずる。多くの短歌が自愛から発想されるなかにあって、著者はいつくしむ人をいつくしむといった構図をつくりあげている。

校庭の花壇に芽吹く沈丁花昼の休みにいつくしむ見ゆ

てのひらのなかの甲虫いつくしむ子にかぎりなく夏の陽はさす

夏柑の種子より生えし若き葉を鉢に移して子らはいとしむ

これらの作品がそんなことを証明してくれる。このしおりに私が登場することになったわけは、宮本永子さんは外塚喬氏の夫人、夫婦で作歌しているということで、同じ一組である私、といっても作品を拝見した限りでは、この家は植物を愛し、子を愛し、たっぷりと頒け与えることのできる愛の所有者のいる健全家庭であり、わが家はかなり曲折している家庭といったちがいはあるが、頭越しの夫同士の話合いから、私は生れてはじめてしおりというものを書くことになってしまった。

（『穭に来る鳥』栞）

見えにくいものを信じる

沖　ななも

鍵盤《キイ》のあたりを灯《とも》すのみにて奏でゐるその掌のほかはあらざるごとく

ピアノを弾いている。鍵盤のあたりばかりが明かるい。掌が白く浮いて見える。まるで掌だけがピアノをたたいているかのように。

主体である私というものが、いつのまにかいなくなって、まるで掌だけが、意志を持って動いているような錯覚。この歌は、どのようにも深読みができて、実に楽しい。

もしかしたら、実体というものの「実体」とは、案外こんなことなのかも知れない、と思わせる。もしかしたら、私たちは、こんなあやふやなものを後生大事にして生きているのかも知れない。けれども、いかにこころもとないものではあっても、必ずそこにおおもとがある、という安心が私にはある。宮本永子さんにもある。それは、「あらざるごとく」と言っているからだ。一見、無いみたいに見える、けれどもあるんだ、と言っている。

鵯《ひよどり》の休みてをりし槙の枝去りたるあともしばし揺れゐる

この歌だってそうだ。枝が揺れている。今この枝を見た人には、なぜ揺れているかわからない。ゆらしたものの正体（原因）はわからない。少し前から見続けていた人でなければ、鳥が揺らして飛びたったことはわからない。作者、宮本永子さんは見続ける人だ。そうして関係づけて納得していく人だ。だから感覚的に一時の冴えを見せることは少ない。見て、感じて、体の中であたためてから表現する。

揺れる歌をもうひとつ。

葉の色と寸分違はぬ青虫がその葉くらひつつ
　ともに揺れゐる

保護色である。環境すなわち葉の色と寸分違わぬ色をしているために、安全に生きていられる。それでいて一方では、その葉を食べてしまう虫というもの。

自然界というもの、命というものに寄せる思いも強い。

自然界における虫のいとなみ、葉の役割を属目として「ともに揺れゐる」という感慨にまで引っぱってくる。

栗・稗に生まれ変はるといふことのかならず
しもさびしきことと思へず
やうやくつぼみほぐれて来しからに思はぬ方
の枝ぶりも知る
山あれば山を映せり樹のあればその樹を映す
沼の水面は

こういった感慨や発見が、詠嘆もふくめて、作品の骨子となっていて、その多くは自然から受けとっているもののようである。おそらくは自然というものが人間と（作者と）そう遠くないところにあり、いやむしろ、自然の中の人間という思いが強いのではないだろうか。自然と人間の共通性――たとえば、蕾が開き始めたから、今まで気付かなかった枝にも目がいく。何か華やかなことで注目を浴びたからその人の存在に気付く、といったような――が、深読みをさせてくれる。それでいて、二重性をあらわに見せないところがうまいのである。

譲り受けてあまり使はぬ二連梯子まへの持主
は何に使ひし
枇杷を食む幼子ふたり上の子が下の子のだす
種子を受けとる

こういった、人間をうたうときのあたたかみを歌の底辺に感じながら自然の歌を味わいたい。

（『黐に来る鳥』栞）

自在な変身譚

――歌集『青つばき』批評

喜多弘樹

どこか遠くに置き去ってしまった大切なものを探そうとしているが、どうしても見つからない。苦しみ、もがきながら、それでもあきらめきれない我欲と、いつしかそれが深い諦念へと変わっていく。そんなふうに宮本永子さんの歌を読んだ。歌のよしあしではなく、時としてたちあらわれてくる歌ごころの深さにしばし足を止め、聞き耳をたてるのであった。正直なところ、歌の言葉の手触りではなく、歌そのもののこころの手触りというべきか。そのしたたかさというか執心というか、おだやかなようで高い崖をよじ登り続ける宮本さんの魂魄の激しい揺らぎを見た。それは歌集名ともなった『青つばき』とも決して無縁ではあるまい。椿は照葉樹林文化を支えた中心的な木であり、霊力が宿る神木としても畏怖される樹木であった。そして、赤や白の鮮やかな花は他界の匂いを強く放ち、散る時はいさぎよく花首を落とす。また、椿灰は古代より茜色を染めるための媒染剤としても貴重であった。

椿なら筒咲きがよし真っ白な花弁の奥にひそみゐる妣《はは》

椿の実ひとつふたつと落ちはじめまた振り出しにもどる一生《ひとよ》は

青椿のままの椿に会ひにゆく一人ぼっちの空気を連れて

椿を詠んだ三首を取り出してみた。宮本さんの豊富な智識が縦横に横溢している作品のほうについつい目がいきがちだが、どちらかといえばやや地味な椿の歌を読んでいると、どこかこころ安らぐものに出会えそうな気がする。いや、地味ではなく滋味といっておこう。筒咲きの椿の花の奥に亡くなったお母さんがいるという。椿の花が地面にひとつ、ふたつと落ち始めると人生がまた振り出しに戻るという。そして、まだ堅い青実をつけたままの椿に一人ぼっちの空気と連れ立って会いに行くという。こうしたやわらかで透明で物静かな世界が宮本さんの本来のナイーブな詩魂だろう。あれこれと説明を要することもなく、気取ることもないが、そうはいっても凡庸な作ではない。往相、還相という仏語があるが、この世からあの世（浄土）に生まれ、またこの世（穢土）へと還る。そんな気の長い時間のことなどを思わせてくれる。椿は死と再生の花でもある。

もちろん、集中にはより好ましく思えた歌も数多くあった。どちらかといえば、知的なはからいにたよらず飄々とこころのままに詠んだ作品のほうに惹かれる。

白水引《しろみづひき》のしんとして咲く森のなかひかりは時に縦縞になる

川の底にひかりのもとがあるやうに水のおもては銀に輝く

春の帽子にかへて出でゆく朝には貝殻いろの風立ちてをり

れんこんの穴は十なり穴を通しこの世の風を送りてやらむ

灯ともしてめぐれる空の観覧車いつまで待つても帰りこぬ死者

生きるとは捨て去ることか青石童子《あをとかげ》みれんもなくて尾をはづしゆく

こんな作品をあげてみて、あらためて思うことは宮本さんの世界には、光と翳とが寄り添いながら、この世とあの世とを融通無碍に行きかうことのできるひそかな一本の道を隠し持っているのではないかということだ。それは、自らがみずみずしい童女のこころのままに在り続けているからだろう。もっとも、日常を離れてしまっては歌は空漠としたものにしかならないが、つねに日常から垂直に立つ詩的時間に耳を澄ましている、その緊張感が宮本さんの作品を根底から支えてはいまいか。森の中の縦縞のひかり、川底の光源、貝殻いろの風、れんこん、空の観覧車、青石童子《あをとかげ》、あげればきりがないが、これらの形象はすべて具体性を強調しつつも、宮本さんの作歌世界を豊かなものにしているご自身の自在な変身譚でもあろう。何よりもわかりやすく印象あざやかなのがいい。

とどのつまりはひとりきりなる人の世か帽子の箱のみふえてゆくなり

朴の広葉ふみてゆくなりりんりんと響りだしさうな秋の蒼穹

立秋の日の白きかぜ見えるもの見えざるものをかすかに揺らす

秋空は呼吸するらし栗の葉のすきまをぬけて吹く風のおと

篁《たかむら》に竹の皮ぬぐ音すなり一生《ひとよ》和服に過ごしたる母

真夜中にゼリーをすくふ掬ふたび地球のどこかが凹みてゆかむ

こうしたのびやかなしらべも私には合っている。あれこれと理屈を言わずとも、素直に受容できる作品群ながら、こころにまことありてかなしみを添う、そういうひそやかな歌のしらべをおのずから孕んでいる不思議さである。

人間はしょせん一人なのだ。家族、社会、世界、それらはすべて虚仮《こけ》、ならばおおきな自然のなかに惜しげなく身を投じることだろう。ぎらぎらと脂ぎった言葉など要らない。あるのは、草木をなびかせ、蒼穹に鳴る風、そして大地のたしかな呼吸。こうした抒情の質はまさしく多磨系のものであり、木俣修の血脈につながっていると思う。

樹や鳥や雪に学べと言ひのこし風のごとくに
消え去りしひと

こんな一首にもおのずからこころ惹かれた。私の先師、前登志夫が、芭蕉の「松のことは松に習へ」を踏まえながら、折に触れ語ってくれた言葉であった。そして、宮本さんとは「長電話するとき嘴《くちばし》のびてゆきやがて上下の合はずなりたる」のごとく、よく電話でしゃべっておられたと聞く。なにをおしゃべりされておられたのか、この歌集『青つばき』の作者にあらかじめ問いておくべきだった。大切な手続きをひとつ忘れてしまったようだ。たぶん、とりとめもないことをお話しされたにちがいないが、前の場合にはその雰囲気がうた学びそのものだった。今になって思うことなのだが、感情を押し殺したおだやかな声の背後には、途方もない詩歌の崖を背負っていた。孤高なかなしみの咆哮を言葉の背後に孕んでもいた。そういうことを思い出しながら宮本さんの作品を抜き出しているとどことなく親しげになってくる。

青布のいちまいの天まきばには星月の馬もね
むりゐるらむ

この一首は強く私のこころにしみ入り、そして激しく貧しい私のたましいに衝撃をあたえてくれた。歌柄が大きいのである。しらべがいいのである。たっぷりと滴るような一世界のひろがりを感受し、しみじみと味わい尽くせる歌だ。

（「朔日」二〇一四年一月号）

『青つばき』歌集解説

吉川宏志

一つの言葉がもつ、手触りのようなものがある。〈言葉の質感〉と言ってもいいが、宮本永子は、それに強い関心をもつ歌人である。

畳句《ルフラン》といふ語なつかし紫陽花の四萼よひらの
濃淡みれば

現在ではリフレインと英語で言うほうが多いようだが、少し前はフランス語でルフランと呼ぶこともあった。塚本邦雄がよく使っていた記憶がある。リフレインよりも、ずっと文学的でかっこいい感じがあった。

そのルフランという響きを、作者は紫陽花の四枚の萼で視覚化する。ひらひらとしていて、いくつも繰り返される様子が、ルフランという語の質感に似つかわしい。

特に何かを主張する歌ではないが、言葉そのもののもつおもしろさが伝わってくる。大きなテーマを歌うよりも、まず一つ一つの言葉を大切にして楽しもうとする宮本の姿勢が、明確にあらわれている歌だと思う。

嵌め殺しといふ恐ろしき名の窓の修理されれば光がとどく

綱引きを抜河《かはをぬく》といふこの国に今し日中の競技始まる

陽のもとにただ一枚の雲母紙《きららがみ》なす雪野原墓処より見ゆ

一首目の「嵌め殺し」はまがまがしい言葉で、以前にも歌に詠まれているのを見た記憶はあるが、この歌は、下の句の何気ない感じがいい。日常生活の中に、「嵌め殺し」という不気味な名称が静かに収まっていること。そこに目に見えない不穏さが漂う。

二首目は中国語の「抜河《かはをぬく》」という言葉がとてもおもしろい。修学旅行の引率で中国を訪ねたときの一場面なのだが、単なる綱引きではなく、山河を生み出す神話のような、スケールの大きな情景が目に浮かんでくる。

三首目も「雲母紙《きららがみ》」という言葉が魅力的だ。この言葉によって冬の日差しにきらめく雪野原が鮮明に浮かんでくる。一つの言葉が生み出すイメージを大切にするために、宮本の歌はシンプルに作られている。一首のなかで一つの語に焦点が絞られていて、その語が強く目を引くことが多い。

裸足《はだし》といふことば知らざる雀子のはるなつあきふゆ裸足に歩く

これも「裸足《はだし》」という言葉が、ひときわ目立つ一首である。この言葉以外は、抑制されたかたちで用いられる。たとえば「はるなつあきふゆ」という語は、意味性を弱められている。だから、「裸足《はだし》」が、かえって強く浮き上がってくるのである。「裸足《はだし》」という言葉を知らない雀は、それ以外の歩き方を理解できない。けれども、言葉をもっている人間だけは、言葉によって新しい世界の見方を獲得していくことができる。雀は裸足で歩いているのだ、という普段とは違う捉え方をすることで、風景は少しだけ変化して見えてくる。「ここよりは入《はひ》るなといふ関守石《せきもりいし》すずめ子なればやすやすと越ゆ」という歌もあったが、何にもとらわれない雀の無邪気さが、いきいきと伝わってくるのである。

　言葉によって世界と自己との関係を揺さぶっていくことに、宮本永子は詩歌の可能性を見いだしているのだ。

　　羊にもなれない雲よつぎつぎにほどけつつゆ
　　　く風つよき日を

たとえばこんな歌に立ち止まってみる。私達は「羊雲」という言葉を知っている。だが、多くの人は「羊雲」という言葉の中に安住してしまい、その言葉を疑わなくなっている。

　しかし、宮本は、「羊にもなれない雲」という、「羊雲」という概念を揺るがせる言葉を作り出す。そしてこの言葉によって、強い風によって乱れている雲の群れの姿が、くっきりと像を結んでゆく。

　　あをすぢあげは迷ひ迷ひてとびゆくに翅《はね》の紋
　　　様の小窓がゆれる

　この歌も私の特に好きな一首だ。アオスジアゲハという蝶の様子を、適確に描いている。「小窓」という一語がこの歌の命で、黒い羽のなかの青く四角い紋を、鮮やかに捉えている。このように歌われることで、蝶の羽の窓から、とても小さな誰かが外を眺めているようなイメージも浮かんでくる。アオスジアゲハを見るたびに、私はこの歌を思い出すことになるだろう。

つんつんと葱の葉ならぶ畑みちあるけばあるくほどに遠のく

樹の影のうす蒼きところ踏みゆくに平らかになるわがたましひは

どこまでもつづく野の道あゆみゆく継ぎ目といふのがないのが不思議

歩くとは季節を先どりするものか菜の花ありする道のはて

野山を歩く歌がしばしば見られるのも、この歌集の一つの特徴であろう。長い時間ひたすら歩いていると、自分の意識がふっと揺らぐような感触を味わうことがある。「あるけばあるくほどに遠のく」「歩くとは季節を先どりするものか」といったフレーズには、ずっと歩いているときの不思議な感覚があらわれているように思う。頭で考えるのではなく、身体がおのずからつかまえてしまう柔らかな響きが、こうした歌に籠もっている。

見上げるに雲はふくらみたちまちに光と影の入れ替へをする

という歌があるが、光や影を、皮膚感覚でとらえている感じがするのである。先ほど私は、宮本永子の歌が、一つ一つの言葉に敏感に作られていることを書いた。だが付け加えておきたいのは、そうした言葉感覚の根底に、とてもぶ厚い生身《なまみ》の感性があるということである。機知のある表現も用いられているが、理にとどまらない。しっとりとした手触りがあるのである。柔軟なリズム感のある言葉遣いが、肌になじむような温かさを生み出している。それが宮本の歌の魅力だろう。

みづからの背のいぼいぼを撫でさすることなく過ぎむ蝦蟇の一生《ひとよ》は

といった歌には、宮本独自のおもしろさが最もわかりやすくあらわれていると言えよう。

きさらぎの雪に遇ひたり縦からも横からも降る魚沼の雪

如月の雪のゆふぐれ見えるもの見えぬものにもすんすん積もる

川幅の決まらぬ川を流れゆくやうなる日々を咲けり紫苑は

ひとつ咲きつぎの日七つ咲く椿その後かぞへず満開となる

〈脱帽してお入り下さい〉の黒き文字みたるに次つぎに帽子をとる手

なめらかな歩みをとめる杙《くひ》のごとひとつひとつの遺品が並ぶ

ひとすぢの闇がかくれてゐる壺を手わたしてのち人は逝きたる

引きはじめると、いくつも好きな歌が見つかるので、これだけにとどめておくが、五、六首目のような、戦争資料館に取材した歌なども、個性的な視点を感じさせる。それぞれの読者によって、優れた歌を見いだしていっていただきたいと思う。

『青つばき』は、結社「朔日」の運営の多忙さもあって、長らく刊行できずにいた歌集であるという。長い時間の集積が生み出した充実の一冊と言えるだろう。まずはじっくりと読み味わってほしい。そして、さまざまな角度から論じられていくことを願っている。

（歌集解説）

心の陰影、思いの濃淡
――歌集『雲の歌』

秋山佐和子

歌集、『雲の歌』の作者宮本永子さんは、十九歳で木俣修に出会い、「形成」に三十年間所属したのち、外塚喬が創刊した「朔日」の編集実務を担当しておられるという。高校の教師でもあり、多忙な日々に雲を眺めることが楽しみらしい。

　レジェの絵の石みたいな雲のわく午後をわれはわれより遠く遊離す

機械文明をダイナミックに表現したレジェには、なるほど石の塊を連ねたような雲が空に浮かんでいる絵が幾つかある。この作者はいつの季節か、そんな雲に出会って心を遊ばせたのだろう。字余りや口語も気にならない自在な歌だ。次の歌も、雲を見ながら自ずと表出された作者の心が興味深い。

　いらだつに似つつふくらみを増してゆく南の方の雲のかたまり

恐らく真面目な生き方をしてきた人なのだろう。そうした自分自身に注ぐ内省的な眼差しは歌集中の、「不機嫌、しかと根付きし、まつすぐにまつすぐに、拳《こぶし》を握りしめつつ、めくら滅法に、脇持のままでよいのか」といった言葉からも読み取れ、心を重ねることが出来た。又、この作者は、時間をかけて対象を見、言葉を採る歌人だ。

　飼猫と語りあひゐし野らねこが背伸びをしたるのち去りゆけり

　てのひらに受けとめてみる雨粒の思ひのほかに温き雨つぶ

これら二首の第四句目に特にそれが表れておりこ

うした言葉の実感は読者を十分に納得させてくれる力を持つ。次の歌にも惹かれた。

足を垂れて蜂は飛びゆく　どこまでも力をぬきて生きよとごとく

現代を生きる女性の、心の陰影、思いの濃淡が深く刻まれた魅力あるこの歌集は、多くの共感者を得ることだろう。

（「短歌現代」一九九六年八月号）

ちひさなるもの、かすかなるもの

——宮本永子論

栗原　寛

放送作家・詩人の伊藤海彦が、一九七八（昭和53）年度の芸術祭参加作品として書き下ろした混声合唱曲『季節へのまなざし』（荻久保和明作曲）について次のように語っている（『季節へのまなざし』「作詩にあたって」音楽之友社刊）。

この作品で私はこれまで絶えずくりかえしていた「見る」ことの歓びと「見えないもの」の発見をまたうたっている。

だがそれだけではない。「見えないでいるもの」の怖ろしさや「見えてくる」ことの不幸にもふれている。見るという行為が本当に実るためには、こうした影の部分まで感じとらねばならないからだ。私たちは自然の一部でもあるが、その私たちの内部にもひとつの自然がある。とりまいている外の世界をよく見ることによってのみ、私たちはそれぞれの心の自然――その季節の意味を知ることができるのだと思う。

伊藤の言葉はそのまま、宮本永子の作品を考えるうえで、重要な視点となるものと思われる。

忘れもののやうなる雲の消えゆきて覗色《のぞきいろ》なす
一枚の空　『青つばき』
（以下断りがない場合は同書からの引用）
すこしづつ色うしなへる朴の葉の木染《こそめ》の色に
しぐれ近づく
野ぶだうの暗きむらさき天と地をわがものと
して輝くいのち
茄子紺に暮れてゆきつつ山なみも消《け》ぬばかり
なり時時刻刻に
あぢさゐに降る雨　苔に降る雨の滅紫《けしむらさき》にう
かびくる母

ここにあげただけでも、色彩への関心の相当な強さが窺われるが、これは宮本の作品のもっとも特徴的なことと言えそうだ。ふだんあまり耳馴染みのない色の名前をも駆使して、世界の姿をとらえようとする。宮本にとって空の色は「覗色《のぞきいろ》」と表すのがしっくりくると見え、「おほ空は覗色《のぞきいろ》なりそのむかし父が愛でにし高麗青磁」ともあって、父のイメージに密接につながっている。「むらさき」一つとっても「茄子紺」「滅紫《けしむらさき》」と様々な表情を見せ、さらにそれは母へとつながってゆくイメージともなる。両親の姿を思うとき、それぞれを象徴する色彩があるのが興味深い。

思えば、色とは「光」の作用であり、そして、見えているものは、目で読み取った光の情報を脳で処理したもの、と考えると、世界をとらえようとする意識が、根源的な光・影へと進んでゆくのは、当然のことだろう。

観音がさし出してゐる手のくぼにたまれるひ
かり光とは影
光とは影であること知つてゐたレンブラント
もル－コルビュジエも

古語では「ひかり」も「かげ」も「光」の意味となることは誰もが知るところであるが、それを越えたところでの同義性を見つめている。観音の手にあり、レンブラントやル－コルビュジエの描こうとした世界にある「光」と「影」は、本質的なところでイコールであるという視点は、「見える・見えない」という対比にもつながるところがある。

如月の雪のゆふぐれ見えるもの見えぬものに
もすんすん積もる
立秋の日の白きかぜ見えるもの見えざるもの
をかすかに揺らす

雪の白さは目に見えるものであり、積もってゆくさまも当然見えている。だが雪は、実は人びとの目に見えない場所やものにこそ積もるのだと感じる。見えないはずの風も、色彩として「白」く感じる。如月の雪、立秋の日ごくかすかな一瞬をとらえた静かな作品であるが、見えないものへ思いを馳せて、その存在をどうにかとらえようとする思いの強さを感じさせる。宮本の視線は、すべてをとらえようとして、「見えない」としか言いようのないもの、言葉のさらに外に存在する世界さえ見ようとする。冒頭の伊藤の言葉を借りれば、短歌を作ることによって「見るという行為を実らせようとしている」ということになるだろうか。見えている世界、見えない世界への思いは、独特な色彩感を通じてさらに広がっているようだ。

見えるものも見えないものも見てをらず近衛
軍団六千体の兵馬俑

兵馬俑の視線さえも捉えようとする。何ものをも見ていない兵馬俑の、この異様な存在感。これこそ、見えないものの力だ。

「見えないもの」を観ようとする力が現実的に働くと、「ちひさなるもの」「かすかなるもの」を、小さくかすかだからこそ、じっくり観察しようという心になるようだ。

白むくげひそと咲きをり目目雑魚《めめざこ》の翳《かげ》のやう
なるわれのひとつ世

かすかなる吐息がきこゆ転生といふを思はせ
秀《ほ》つ枝《え》ゆれれば

降りいだす雨にはとんと気づかずに片仮名泳
ぎするめだかの子

裸足《はだし》といふことば知らざる雀子のはるなつあ
きふゆ裸足に歩く

小さいものの代表としての小動物、めだかや雀などへの観察眼も、宮本ならではと思わせるものがある。めだかが「片仮名泳ぎ」をするという。これは宮本の造語と思われるが、言われてみれば確かにそうだ。このように「字」の姿と自然の姿とのつながりを思う歌では、

「の」の字の薇《ぜんまい》「す」の字の菫《すみれ》の咲くころか
庭にも出でずこもりゐる日々　『雲の歌』

というものもあり、まなざしの精密さとでもいうべきものが印象的である。さらに宮本の歌の世界では、「ちいさなるもの」たちが不思議な力を持つ。

かがまりて野蒜《のびる》を抜けり抜くときの勁き力を
野蒜はよろこぶ

花の鬱樹の鬱みんなぬぐひ去る春の小鳥のう
たふ日をまつ

野蒜の声を聴き、小鳥の持つ不思議な力を信じる。宮本にはそれらの声が聞こえてくるのだ。

水の束を天に吐きつつ噴水はときをり大いに
不機嫌になる　『雲の歌』

「無生物」であるはずの存在の発する声までも聞こえてきている。聞き耳頭巾を持っているわけではなく、むしろ「ちひさなるもの」そのものになっているのであろう、こんな歌もある。

少しづつ小鳥になりてゆくわれか蚕豆《そらまめ》ならば
七つぶにて足る

「子供」の姿も、「ちひさなるもの」として描かれる。

背伸びして本をひそかに抽《ぬ》きてゐる子の足裏《あなうら》
の白かりしこと　『網に来る鳥』

『序章』には「背伸びして本をひそかに抽《ぬ》きてゐる子の蹠の白さ言ひ出づ」とあり、この歌は発表後の推敲によって、視線が子の柔らかな足の裏の白に収斂してゆく表現となったことがわかる。それによって、「足裏《あなうら》」の白さは官能的にさえ響く。
みずからの産んだ子供（息子）が描かれる歌も多数あるが、出産すること、そしてその子供といつまでもつながっているという感覚が歌われる。濃厚といえるほどの親密感もある。

生れしより三月のたちてやうやくにわが掌の
中にある思ひする　『網に来る鳥』

枇杷を食む幼子ふたり上の子が下の子のだす
種子を受けとる　『同』

二階にて読み更かしゐる少年もいま鳴く木菟《づく》
をききてゐるらむ　『同』

絵文字入りの手紙かきたし三十歳をとうに過
ぎたる息子にあてて

雁の卵を雁卵《かりこ》といへりいつまでもわが子は肚《はら》
に棲めるがごとし

子供の歌に漂うほのかな官能性は（これまで見てき

た他の作品にも言えるが）どちらかというと意図されたものではなく、どこか少女的な無邪気さから出ているように思う。
宮本は『鵯に来る鳥』のあとがきで、「歌を詠むことは本当の自分に出会うことだと思いました」と書いているが、時を経て『青つばき』が出版されたころ、「『これが私』と、私らしいと言える歌集」と語っていた。「らしさ」とは、宮本の美学・思考が、まさに宮本ならではの表現や着眼点で作品化されるようになってきたこと、といえるだろう。
素材としては同じような情景を詠んだ歌が、ちょうど『鵯に来る鳥』と『青つばき』それぞれに収められている。試みにそれを並べてみると、宮本の辿りつきつつある場所が見えてくる。

逆さまに映れるビルをいつまでも流さずにゐて光る夜の川
川の底にひかりのもとがあるやうに水のおもては銀にかがやく

かつて、映したビルの光によって輝いていた川は、いつしかおのずからなる光を、底深いところから発するようになっている。夜の川の光る理由が変化してきていること、それは世界の深淵に迫ろうとしつづける宮本の、「見ること」「まなざすこと」の進化・深化である。「外の世界」をよく見ることによって辿りついた、宮本なりの「心の自然」なのであろう。

（「朔日」二〇一八年一二月号）

宮本永子歌集　　現代短歌文庫第153回配本

2020年10月 8 日　初版発行

著　者　宮 本 永 子
発行者　田 村 雅 之
発行所　砂 子 屋 書 房
〒101-0047 東京都千代田区内神田3-4-7
電話　03－3256－4708
Fax　03－3256－4707
振替　00130－2－97631
http://www.sunagoya.com
装本・三嶋典東

現代短歌文庫

（　）は解説文の筆者

①三枝浩樹歌集
『朝の歌』全篇

②佐藤通雅歌集（細井剛）
『薄明の谷』全篇

③高野公彦歌集（河野裕子・坂井修一）
『汽水の光』全篇

④三枝昻之歌集（山中智恵子・小高賢）
『水の覇権』全篇

⑤阿木津英歌集（笠原伸夫・岡井隆）
『紫木蓮まで・風舌』全篇

⑥伊藤一彦歌集（塚本邦雄・岩田正）
『瞑鳥記』全篇

⑦小池光歌集（大辻隆弘・川野里子）
『バルサの翼』『廃駅』全篇

⑧石田比呂志歌集（玉城徹・岡井隆他）
『無用の歌』全篇

⑨永田和宏歌集（高安国世・吉川宏志）
『メビウスの地平』全篇

⑩河野裕子歌集（馬場あき子・坪内稔典他）
『森のやうに獣のやうに』『ひるがほ』全篇

⑪大島史洋歌集（田中佳宏・岡井隆）
『藍を走るべし』全篇

⑫雨宮雅子歌集（春日井建・田村雅之他）
『悲神』全篇

⑬稲葉京子歌集（松永伍一・水原紫苑）
『ガラスの檻』全篇

⑭時田則雄歌集（大金義昭・大塚陽子）
『北方論』全篇

⑮蒔田さくら子歌集（後藤直二・中地俊夫）
『森見ゆる窓』全篇

⑯大塚陽子歌集（伊藤一彦・菱川善夫）
『遠花火』『酔芙蓉』全篇

⑰百々登美子歌集（桶谷秀昭・原田禹雄）
『盲目木馬』全篇

⑱岡井隆歌集（加藤治郎・山田富士郎他）
『鵞卵亭』『人生の視える場所』全篇

⑲玉井清弘歌集（小高賢）
『久露』全篇

⑳小高賢歌集（馬場あき子・日高堯子他）
『耳の伝説』『家長』全篇

㉑佐竹彌生歌集（安永蕗子・馬場あき子他）
『天の螢』全篇

㉒太田一郎歌集（いいだもも・佐伯裕子他）
『墳』『蝕』『獵』全篇

現代短歌文庫

（　）は解説文の筆者

㉓春日真木子歌集（北沢郁子・田井安曇他）
『野菜涅槃図』全篇

㉔道浦母都子歌集（大原富枝・岡井隆）
『無援の抒情』『水憂』『ゆうすげ』全篇

㉕山中智恵子歌集（吉本隆明・塚本邦雄他）
『夢之記』全篇

㉖久々湊盈子歌集（小島ゆかり・樋口覚他）
『黒鍵』全篇

㉗藤原龍一郎歌集（小池光・三枝昻之他）
『夢みる頃を過ぎても』『東京哀傷歌』全篇

㉘花山多佳子歌集（永田和宏・小池光他）
『樹の下の椅子』『楕円の実』全篇

㉙佐伯裕子歌集（阿木津英・三枝昻之他）
『未完の手紙』全篇

㉚島田修三歌集（筒井康隆・塚本邦雄他）
『晴朗悲歌集』全篇

㉛河野愛子歌集（近藤芳美・中川佐和子他）
『黒羅』『夜は流れる』『光ある中に』（抄）他

㉜松坂弘歌集（塚本邦雄・由良琢郎他）
『春の雷鳴』全篇

㉝日高堯子歌集（佐伯裕子・玉井清弘他）
『野の扉』全篇

㉞沖ななも歌集（山下雅人・玉城徹他）
『衣裳哲学』『機知の足首』全篇

㉟続・小池光歌集（河野美砂子・小澤正邦）
『日々の思い出』『草の庭』全篇

㊱続・伊藤一彦歌集（築地正子・渡辺松男）
『青の風土記』『海号の歌』全篇

㊲北沢郁子歌集（森山晴美・富小路禎子）
『その人を知らず』を含む十五歌集抄

㊳栗木京子歌集（馬場あき子・永田和宏他）
『水惑星』『中庭』全篇

㊴外塚喬歌集（吉野昌夫・今井恵子他）
『喬木』全篇

㊵今野寿美歌集（藤井貞和・久々湊盈子他）
『世紀末の桃』全篇

㊶来嶋靖生歌集（篠弘・志垣澄幸他）
『笛』『雷』全篇

㊷三井修歌集（池田はるみ・沢口芙美他）
『砂の詩学』全篇

㊸田井安曇歌集（清水房雄・村永大和他）
『木や旗や魚らの夜に歌った歌』全篇

㊹森山晴美歌集（島田修二・水野昌雄他）
『グレコの唄』全篇

現代短歌文庫

（　）は解説文の筆者

㊺上野久雄歌集（吉川宏志・山田富士郎他）
『夕鮎』抄、『バラ園と鼻』抄他

㊻山本かね子歌集（蒔田さくら子・久々湊盈子他）
『ものどらま』を含む九歌集抄

㊼松平盟子歌集（米川千嘉子・坪内稔典他）
『青夜』『シュガー』全篇

㊽大辻隆弘歌集（小林久美子・中山明他）
『水廊』『抱擁韻』全篇

㊾秋山佐和子歌集（外塚喬・一ノ関忠人他）
『羊皮紙の花』全篇

㊿西勝洋一歌集（藤原龍一郎・大塚陽子他）
『コクトーの声』全篇

(51)青井史歌集（小高賢・玉井清弘他）
『月の食卓』全篇

(52)加藤治郎歌集（永田和宏・米川千嘉子他）
『昏睡のパラダイス』『ハレアカラ』全篇

(53)秋葉四郎歌集（今西幹一・香川哲三）
『極光－オーロラ』全篇

(54)奥村晃作歌集（穂村弘・小池光他）
『鴇色の足』全篇

(55)春日井建歌集（佐佐木幸綱・浅井愼平他）
『友の書』全篇

(56)小中英之歌集（岡井隆・山中智恵子他）
『わがからんどりえ』『翼鏡』全篇

(57)山田富士郎歌集（島田幸典・小池光他）
『アビー・ロードを夢みて』『羚羊譚』全篇

(58)続・永田和宏歌集（岡井隆・河野裕子他）
『華氏』『饗庭』全篇

(59)坂井修一歌集（伊藤一彦・谷岡亜紀他）
『群青層』『スピリチュアル』全篇

(60)尾崎左永子歌集（伊藤一彦・栗木京子他）
『彩紅帖』全篇『さるびあ街』（抄）他

(61)続・尾崎左永子歌集（篠弘・大辻隆弘他）
『春雪ふたたび』『星座空間』全篇

(62)続・花山多佳子歌集（なみの亜子）
『草舟』『空合』全篇

(63)山埜井喜美枝歌集（菱川善夫・花山多佳子他）
『はらりさん』全篇

(64)久我田鶴子歌集（高野公彦・小守有里他）
『転生前夜』全篇

(65)続々・小池光歌集
『時のめぐりに』『滴滴集』全篇

(66)田谷鋭歌集（安立スハル・宮英子他）
『水晶の座』全篇

現代短歌文庫

（　）は解説文の筆者

㉗今井恵子歌集（佐伯裕子・内藤明他）
『分散和音』全篇

㉘続・時田則雄歌集（栗木京子・大金義昭）
『夢のつづき』『ペルシュロン』全篇

㉙辺見じゅん歌集（馬場あき子・飯田龍太他）
『水祭りの桟橋』『闇の祝祭』全篇

㉚続・河野裕子歌集
『家』全篇、『体力』『歩く』抄

㉛続・石田比呂志歌集
『孑孑』『忘八』『涙壺』『老猿』『春灯』抄

㉜志垣澄幸歌集（佐藤通雅・佐佐木幸綱）
『空壜のある風景』全篇

㉝古谷智子歌集（来嶋靖生・小高賢他）
『神の痛みの神学のオブリガード』全篇

㉞大河原惇行歌集（田井安曇・玉城徹他）
未刊歌集『昼の花火』全篇

㉟前川緑歌集（保田與重郎）
『みどり抄』全篇、『麥穂』抄

㊱小柳素子歌集（来嶋靖生・小高賢他）
『獅子の眼』全篇

㊲浜名理香歌集（小池光・河野裕子）
『月兎』全篇

㊳五所美子歌集（北尾勲・島田幸典他）
『天姥』全篇

㊴沢口芙美歌集（武川忠一・鈴木竹志他）
『フェベ』全篇

㊵中川佐和子歌集（内藤明・藤原龍一郎他）
『霧笛橋』全篇

㊶斎藤すみ子歌集（菱川善夫・今野寿美他）
『遊楽』全篇

㊷長澤ちづ歌集（大島史洋・須藤若江他）
『海の角笛』全篇

㊸池本一郎歌集（森山晴美・花山多佳子）
『未明の翼』全篇

㊹小林幸子歌集（小中英之・小池光他）
『枇杷のひかり』全篇

㊺佐波洋子歌集（馬場あき子・小池光他）
『光をわけて』全篇

㊻続・三枝浩樹歌集（雨宮雅子・里見佳保他）
『みどりの揺籃』『歩行者』全篇

㊼続・久々湊盈子歌集（小林幸子・吉川宏志他）
『あらばしり』『鬼龍子』全篇

㊽千々和久幸歌集（山本哲也・後藤直二他）
『火時計』全篇

現代短歌文庫

（　）は解説文の筆者

⑧⑨田村広志歌集（渡辺幸一・前登志夫他）
『島山』全篇

⑨⓪入野早代子歌集（春日井建・栗木京子他）
『花凪』全篇

⑨①米川千嘉子歌集（日高堯子・川野里子他）
『夏空の櫂』『一夏』全篇

⑨②続・米川千嘉子歌集（栗木京子・馬場あき子他）
『たましひに着る服なくて』『一葉の井戸』全篇

⑨③桑原正紀歌集（吉川宏志・木畑紀子他）
『妻へ。千年待たむ』全篇

⑨④稲葉峯子歌集（岡井隆・美濃和哥他）
『杉並まで』全篇

⑨⑤松平修文歌集（小池光・加藤英彦他）
『水村』全篇

⑨⑥米口實歌集（大辻隆弘・中津昌子他）
『ソシュールの春』全篇

⑨⑦落合けい子歌集（栗木京子・香川ヒサ他）
『じゃがいもの歌』全篇

⑨⑧上村典子歌集（武川忠一・小池光他）
『草上のカヌー』全篇

⑨⑨三井ゆき歌集（山田富士郎・遠山景一他）
『能登往還』全篇

⑩⓪佐佐木幸綱歌集（伊藤一彦・谷岡亜紀他）
『アニマ』全篇

⑩①西村美佐子歌集（坂野信彦・黒瀬珂瀾他）
『猫の舌』全篇

⑩②綾部光芳歌集（小池光・大西民子他）
『水晶の馬』『希望園』全篇

⑩③金子貞雄歌集（津川洋三・大河原惇行他）
『邑城の歌が聞こえる』全篇

⑩④続・藤原龍一郎歌集（栗木京子・香川ヒサ他）
『嘆きの花園』『19××』全篇

⑩⑤遠役らく子歌集（中野菊夫・水野昌雄他）
『白馬』全篇

⑩⑥小黒世茂歌集（山中智恵子・古橋信孝他）
『猿女』全篇

⑩⑦光本恵子歌集（疋田和男・水野昌雄）
『薄氷』全篇

⑩⑧雁部貞夫歌集（堺桜子・本多稜）
『崑崙行』抄

⑩⑨中根誠歌集（来嶋靖生・大島史洋雄他）
『境界』全篇

⑪⓪小島ゆかり歌集（山下雅人・坂井修一他）
『希望』全篇

現代短歌文庫

（　）は解説文の筆者

111 木村雅子歌集（来嶋靖生・小島ゆかり他）
『星のかけら』全篇

112 藤井常世歌集（菱川善夫・森山晴美他）
『氷の貌』全篇

113 続々・河野裕子歌集
『季の栞』『庭』全篇

114 大野道夫歌集（佐佐木幸綱・田中綾他）
『春吾秋蟬』全篇

115 池田はるみ歌集（岡井隆・林和清他）
『妣が国大阪』全篇

116 続・三井修歌集（中津昌子・柳宣宏他）
『風紋の島』全篇

117 王紅花歌集（福島泰樹・加藤英彦他）
『夏暦』全篇

118 春日いづみ歌集（三枝昻之・栗木京子他）
『アダムの肌色』全篇

119 桜井登世子歌集（小高賢・小池光他）
『夏の落葉』全篇

120 小見山輝歌集（山田富士郎・渡辺護他）
『春傷歌』全篇

121 源陽子歌集（小池光・黒木三千代他）
『透過光線』全篇

122 中野昭子歌集（花山多佳子・香川ヒサ他）
『草の海』全篇

123 有沢螢歌集（小池光・斉藤斎藤他）
『ありすの杜へ』全篇

124 森岡貞香歌集
『白蛾』『珊瑚數珠』『百乳文』全篇

125 桜川冴子歌集（小島ゆかり・栗木京子他）
『月人壮子』全篇

126 柴田典昭歌集（小笠原和幸・井野佐登他）
『樹下逍遙』全篇

127 続・森岡貞香歌集
『黛樹』『夏至』『敷妙』全篇

128 角倉羊子歌集（小池光・小島ゆかり）
『テレマンの笛』全篇

129 前川佐重郎歌集（喜多弘樹・松平修文他）
『彗星紀』全篇

130 続・坂井修一歌集（栗木京子・内藤明他）
『ラビュリントスの日々』『ジャックの種子』全篇

131 新選・小池光歌集
『静物』『山鳩集』全篇

132 尾崎まゆみ歌集（馬場あき子・岡井隆他）
『微熱海域』『真珠鎖骨』全篇

現代短歌文庫

（　）は解説文の筆者

133 続々・花山多佳子歌集（小池光・澤村斉美）
『春疾風』『木香薔薇』全篇

134 続・春日真木子歌集（渡辺松男・三枝昻之他）
『水の夢』全篇

135 吉川宏志歌集（小池光・永田和宏他）
『夜光』『海雨』全篇

136 岩田記未子歌集（安田章生・長沢美津他）
『日月の譜』を含む七歌集抄

137 糸川雅子歌集（武川忠一・内藤明他）
『水螢』全篇

138 梶原さい子歌集（清水哲男・花山多佳子他）
『リアス／椿』全篇

139 前田康子歌集（河野裕子・松村由利子他）
『色水』全篇

140 内藤明歌集（坂井修一・山田富士郎他）
『海界の雲』『斧と勾玉』全篇

141 続・内藤明歌集（島田修三・三枝浩樹他）
『夾竹桃と葱坊主』『虚空の橋』全篇

142 小川佳世子歌集（岡井隆・大口玲子他）
『ゆきふる』全篇

143 髙橋みずほ歌集（針生一郎・東郷雄二他）
『フルヘッヘンド』全篇

144 恒成美代子歌集（大辻隆弘・久々湊盈子他）
『ひかり凪』全篇

145 続・道浦母都子歌集（新海あぐり）
『風の婚』全篇

146 小西久二郎歌集（香川進・玉城徹他）
『湖に墓標を』全篇

147 林和清歌集（岩尾淳子・大森静佳他）
『木に縁りて魚を求めよ』全篇

148 続・中川佐和子歌集（日高堯子・酒井佐忠他）
『春の野に鏡を置けば』『花桃の木だから』全篇

149 谷岡亜紀歌集（佐佐木幸綱・菱川善夫他）
『臨界』抄、『闇市』抄、他

150 前川斎子歌集（江田浩司・渡英子他）
『斎庭』『逆髪』全篇

151 石井辰彦歌集
『七竈』『墓』『バスハウス』全篇、他

152 伝田幸子歌集（岡井隆・波汐國芳他）
『蔵草子』全篇、他

（以下続刊）

水原紫苑歌集　篠弘歌集
馬場あき子歌集　黒木三千代歌集

砂子屋書房 刊行書籍一覧（歌集・歌書）

2024年８月現在

＊御入用の書籍がございましたら、直接弊社あてにお申し込みください。
代金後払い、送料当社負担にて発送いたします。

	著者名	書名	定価
1	阿木津　英	『阿木津　英 歌集』現代短歌文庫5	1,650
2	阿木津　英 歌集	『黄　鳥』	3,300
3	阿木津　英 著	『アララギの釋迢空』＊日本歌人クラブ評論賞	3,300
4	秋山佐和子	『秋山佐和子歌集』現代短歌文庫49	1,650
5	秋山佐和子歌集	『西方の樹』	3,300
6	雨宮雅子	『雨宮雅子歌集』現代短歌文庫12	1,760
7	池田はるみ	『池田はるみ歌集』現代短歌文庫115	1,980
8	池本一郎	『池本一郎歌集』現代短歌文庫83	1,980
9	池本一郎歌集	『萱鳴り』	3,300
10	石井辰彦	『石井辰彦歌集』現代短歌文庫151	2,530
11	石田比呂志	『続 石田比呂志歌集』現代短歌文庫71	2,200
12	石田比呂志歌集	『邯鄲線』	3,300
13	一ノ関忠人歌集	『さねさし曇天』	3,300
14	一ノ関忠人歌集	『木ノ葉揺落』	3,300
15	伊藤一彦	『伊藤一彦歌集』現代短歌文庫6	1,650
16	伊藤一彦	『続 伊藤一彦歌集』現代短歌文庫36	2,200
17	伊藤一彦	『続々 伊藤一彦歌集』現代短歌文庫162	2,200
18	今井恵子	『今井恵子歌集』現代短歌文庫67	1,980
19	今井恵子 著	『ふくらむ言葉』	2,750
20	魚村晋太郎歌集	『銀　耳』（新装版）	2,530
21	江戸　雪 歌集	『空　白』	2,750
22	大下一真歌集	『月　食』＊若山牧水賞	3,300
23	大辻隆弘	『大辻隆弘歌集』現代短歌文庫48	1,650
24	大辻隆弘歌集	『橡（つるばみ）と石垣』	3,300
25	大辻隆弘歌集	『景徳鎮』＊斎藤茂吉短歌文学賞	3,080
26	岡井　隆	『岡井　隆 歌集』現代短歌文庫18	1,602
27	岡井　隆 歌集	『馴鹿時代今か来向かふ』（普及版）＊読売文学賞	3,300
28	岡井　隆 歌集	『阿婆世（あばな）』	3,300
29	岡井　隆 著	『新輯 けさのことば Ⅰ・Ⅱ・Ⅲ・Ⅳ・Ⅵ・Ⅶ』	各3,850
30	岡井　隆 著	『新輯 けさのことば Ⅴ』	2,200
31	岡井　隆 著	『今から読む斎藤茂吉』	2,970
32	沖　ななも	『沖ななも歌集』現代短歌文庫34	1,650
33	尾崎左永子	『尾崎左永子歌集』現代短歌文庫60	1,760
34	尾崎左永子	『続 尾崎左永子歌集』現代短歌文庫61	2,200
35	尾崎左永子歌集	『椿くれなゐ』	3,300
36	尾崎まゆみ	『尾崎まゆみ歌集』現代短歌文庫132	2,200
37	柏原千惠子歌集	『彼　方』	3,300
38	梶原さい子歌集	『リアス／椿』＊葛原妙子賞	2,530
39	梶原さい子歌集	『ナラティブ』	3,300
40	梶原さい子	『梶原さい子歌集』現代短歌文庫138	1,980

	著者名	書名	定価
41	春日いづみ	**『春日いづみ歌集』** 現代短歌文庫118	1,650
42	春日真木子	**『春日真木子歌集』** 現代短歌文庫23	1,650
43	春日真木子	**『続 春日真木子歌集』** 現代短歌文庫134	2,200
44	春日井　建	**『春日井　建 歌集』** 現代短歌文庫55	1,760
45	加藤治郎	**『加藤治郎歌集』** 現代短歌文庫52	1,760
46	雁部貞夫	**『雁部貞夫歌集』** 現代短歌文庫108	2,200
47	川野里子歌集	**『歓　待』** ＊読売文学賞	3,300
48	河野裕子	**『河野裕子歌集』** 現代短歌文庫10	1,870
49	河野裕子	**『続 河野裕子歌集』** 現代短歌文庫70	1,870
50	河野裕子	**『続々 河野裕子歌集』** 現代短歌文庫113	1,650
51	来嶋靖生	**『来嶋靖生歌集』** 現代短歌文庫41	1,980
52	紀野　恵 歌集	**『遣唐使のものがたり』**	3,300
53	木村雅子	**『木村雅子歌集』** 現代短歌文庫111	1,980
54	久我田鶴子	**『久我田鶴子歌集』** 現代短歌文庫64	1,650
55	久我田鶴子 著	**『短歌の〈今〉を読む』**	3,080
56	久我田鶴子歌集	**『菜種梅雨』** ＊日本歌人クラブ賞	3,300
57	久々湊盈子	**『久々湊盈子歌集』** 現代短歌文庫26	1,650
58	久々湊盈子	**『続 久々湊盈子歌集』** 現代短歌文庫87	1,870
59	久々湊盈子歌集	**『世界黄昏』**	3,300
60	黒木三千代歌集	**『草の譜』**	3,300
61	小池　光 歌集	**『サーベルと燕』** ＊現代短歌大賞・詩歌文学館賞	3,300
62	小池　光	**『小池　光 歌集』** 現代短歌文庫7	1,650
63	小池　光	**『続 小池　光 歌集』** 現代短歌文庫35	2,200
64	小池　光	**『続々 小池　光 歌集』** 現代短歌文庫65	2,200
65	小池　光	**『新選 小池　光 歌集』** 現代短歌文庫131	2,200
66	河野美砂子歌集	**『ゼクエンツ』** ＊葛原妙子賞	2,750
67	小島熱子	**『小島熱子歌集』** 現代短歌文庫160	2,200
68	小島ゆかり歌集	**『さくら』**	3,080
69	五所美子歌集	**『風　師』**	3,300
70	小高　賢	**『小高　賢 歌集』** 現代短歌文庫20	1,602
71	小高　賢 歌集	**『秋の茱萸坂』** ＊寺山修司短歌賞	3,300
72	小中英之	**『小中英之歌集』** 現代短歌文庫56	2,750
73	小中英之	**『小中英之全歌集』**	11,000
74	小林幸子歌集	**『場所の記憶』** ＊葛原妙子賞	3,300
75	今野寿美歌集	**『さくらのゆゑ』**	3,300
76	さいとうなおこ	**『さいとうなおこ歌集』** 現代短歌文庫171	1,980
77	三枝昻之	**『三枝昻之歌集』** 現代短歌文庫4	1,650
78	三枝昻之歌集	**『遅速あり』** ＊迢空賞	3,300
79	三枝昻之ほか著	**『昭和短歌の再検討』**	4,180
80	三枝浩樹	**『三枝浩樹歌集』** 現代短歌文庫1	1,870
81	三枝浩樹	**『続 三枝浩樹歌集』** 現代短歌文庫86	1,980
82	佐伯裕子	**『佐伯裕子歌集』** 現代短歌文庫29	1,650
83	佐伯裕子歌集	**『感傷生活』**	3,300
84	坂井修一	**『坂井修一歌集』** 現代短歌文庫59	1,650
85	坂井修一	**『続 坂井修一歌集』** 現代短歌文庫130	2,200

	著者名	書名	定価
86	酒井佑子歌集	『空よ』	3,300
87	佐佐木幸綱	『佐佐木幸綱歌集』現代短歌文庫100	1,760
88	佐佐木幸綱歌集	『ほろほろとろとろ』	3,300
89	佐竹彌生	『佐竹弥生歌集』現代短歌文庫21	1,602
90	志垣澄幸	『志垣澄幸歌集』現代短歌文庫72	2,200
91	篠　弘	『篠　弘 全歌集』＊毎日芸術賞	7,700
92	篠　弘 歌集	『司会者』	3,300
93	島田修三	『島田修三歌集』現代短歌文庫30	1,650
94	島田修三歌集	『帰去来の声』	3,300
95	島田修三歌集	『秋隣小曲集』＊小野市詩歌文学賞	3,300
96	島田幸典歌集	『駅　程』＊寺山修司短歌賞・日本歌人クラブ賞	3,300
97	高野公彦	『高野公彦歌集』現代短歌文庫3	1,650
98	髙橋みずほ	『髙橋みずほ歌集』現代短歌文庫143	1,760
99	田中　槐 歌集	『サンボリ酢ム』	2,750
100	谷岡亜紀	『谷岡亜紀歌集』現代短歌文庫149	1,870
101	谷岡亜紀	『続 谷岡亜紀歌集』現代短歌文庫166	2,200
102	玉井清弘	『玉井清弘歌集』現代短歌文庫19	1,602
103	築地正子	『築地正子全歌集』	7,700
104	時田則雄	『続 時田則雄歌集』現代短歌文庫68	2,200
105	百々登美子	『百々登美子歌集』現代短歌文庫17	1,602
106	外塚　喬	『外塚　喬 歌集』現代短歌文庫39	1,650
107	富田睦子歌集	『声は霧雨』	3,300
108	内藤　明 歌集	『三年有半』	3,300
109	内藤　明 歌集	『薄明の窓』＊迢空賞	3,300
110	内藤　明	『内藤　明 歌集』現代短歌文庫140	1,980
111	内藤　明	『続 内藤　明 歌集』現代短歌文庫141	1,870
112	中川佐和子	『中川佐和子歌集』現代短歌文庫80	1,980
113	中川佐和子	『続 中川佐和子歌集』現代短歌文庫148	2,200
114	永田和宏	『永田和宏歌集』現代短歌文庫9	1,760
115	永田和宏	『続 永田和宏歌集』現代短歌文庫58	2,200
116	永田和宏ほか著	『斎藤茂吉―その迷宮に遊ぶ』	4,180
117	永田和宏歌集	『日　和』＊山本健吉賞	3,300
118	永田和宏 著	『私の前衛短歌』	3,080
119	永田　紅 歌集	『いま二センチ』＊若山牧水賞	3,300
120	永田　淳 歌集	『竜骨（キール）もて』	3,300
121	なみの亜子歌集	『そこらじゅう空』	3,080
122	成瀬　有	『成瀬　有 全歌集』	7,700
123	花山多佳子	『花山多佳子歌集』現代短歌文庫28	1,650
124	花山多佳子	『続 花山多佳子歌集』現代短歌文庫62	1,650
125	花山多佳子	『続々 花山多佳子歌集』現代短歌文庫133	1,980
126	花山多佳子歌集	『胡瓜草』＊小野市詩歌文学賞	3,300
127	花山多佳子歌集	『三本のやまぼふし』	3,300
128	花山多佳子 著	『森岡貞香の秀歌』	2,200
129	馬場あき子歌集	『太鼓の空間』	3,300
130	馬場あき子歌集	『渾沌の鬱』	3,300

	著者名	書名	定価
131	浜名理香歌集	『くさかむり』	2,750
132	林　和清	『林 和清 歌集』 現代短歌文庫147	1,760
133	日高堯子	『日高堯子歌集』 現代短歌文庫33	1,650
134	日高堯子歌集	『水衣集』 ＊小野市詩歌文学賞	3,300
135	福島泰樹歌集	『空襲ノ歌』	3,300
136	藤原龍一郎	『藤原龍一郎歌集』 現代短歌文庫27	1,650
137	藤原龍一郎	『続 藤原龍一郎歌集』 現代短歌文庫104	1,870
138	本田一弘	『本田一弘歌集』 現代短歌文庫154	1,980
139	前　登志夫歌集	『流　轉』 ＊現代短歌大賞	3,300
140	前川佐重郎	『前川佐重郎歌集』 現代短歌文庫129	1,980
141	前川佐美雄	『前川佐美雄全集』 全三巻	各13,200
142	前田康子歌集	『黄あやめの頃』	3,300
143	前田康子	『前田康子歌集』 現代短歌文庫139	1,760
144	蒔田さくら子歌集	『標のゆりの樹』 ＊現代短歌大賞	3,080
145	松平修文	『松平修文歌集』 現代短歌文庫95	1,760
146	松平盟子	『松平盟子歌集』 現代短歌文庫47	2,200
147	松平盟子歌集	『天の砂』	3,300
148	松村由利子歌集	『光のアラベスク』 ＊若山牧水賞	3,080
149	真中朋久	『真中朋久歌集』 現代短歌文庫159	2,200
150	水原紫苑歌集	『光儀（すがた）』	3,300
151	道浦母都子	『道浦母都子歌集』 現代短歌文庫24	1,650
152	道浦母都子	『続 道浦母都子歌集』 現代短歌文庫145	1,870
153	三井　修	『三井 修 歌集』 現代短歌文庫42	1,870
154	三井　修	『続 三井 修 歌集』 現代短歌文庫116	1,650
155	森岡貞香	『森岡貞香歌集』 現代短歌文庫124	2,200
156	森岡貞香	『続 森岡貞香歌集』 現代短歌文庫127	2,200
157	森岡貞香	『森岡貞香全歌集』	13,200
158	柳　宣宏歌集	『施無畏（せむい）』 ＊芸術選奨文部科学大臣賞	3,300
159	柳　宣宏歌集	『丈　六』	3,300
160	山田富士郎	『山田富士郎歌集』 現代短歌文庫57	1,760
161	山田富士郎歌集	『商品とゆめ』	3,300
162	山中智恵子	『山中智恵子全歌集』 上下巻	各13,200
163	山中智恵子 著	『椿の岸から』	3,300
164	田村雅之編	『山中智恵子論集成』	6,050
165	吉川宏志歌集	『青　蟬』（新装版）	2,200
166	吉川宏志歌集	『燕　麦』 ＊前川佐美雄賞	3,300
167	吉川宏志	『吉川宏志歌集』 現代短歌文庫135	2,200
168	米川千嘉子	『米川千嘉子歌集』 現代短歌文庫91	1,650
169	米川千嘉子	『続 米川千嘉子歌集』 現代短歌文庫92	1,980

＊価格は税込表示です。

砂子屋書房
〒101-0047 東京都千代田区内神田3-4-7
電話 03(3256)4708 FAX 03(3256)4707 振替 00130-2-97631
http://www.sunagoya.com